이 모험가들에게 축복을!
17
이 멋진 세계에 축복을!

"지, 지옥이다…….
이 세상에 지옥이 펼쳐졌어!
메구밍은 틀림없이
최중요 위험인물로
지정될 거다……!"

다크니스

"와하하하하하!
와하하하하하하!
좋았어, 메구밍!
더 하라고!
너야말로 세계 최강의
마법사야~!!"
!!!"
카즈마
메구밍

"카, 카즈마……!
우에에에에에엥~!
카즈마 씨, 카즈마 씨,
카즈마 씨~!"

"아쿠아……?"
아쿠아

크루세이더(마조히스트)
미츠루기
소드 마스터(마검사)

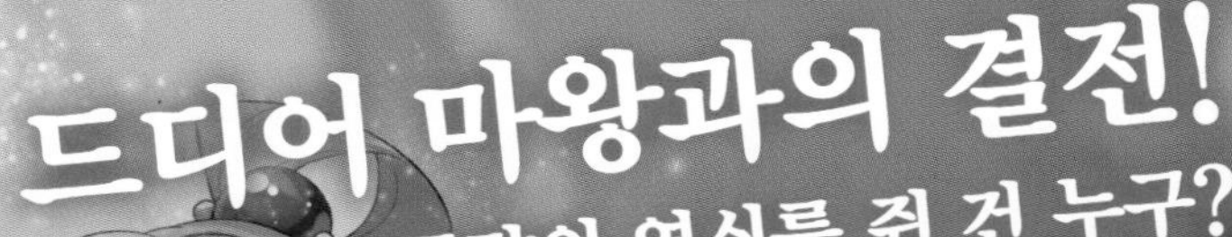

아크 프리스트(잉여신)

아크 위저드(폭렬마)

모험가(최약 직업)

융융

아크 위저드(친구 모집)

이 멋진 세계에 축복을! 17

이 모험가들에게 축복을

CONTENTS

아카츠키 나츠메 지음
미시마 쿠로네 일러스트
이승원 옮김

Character
아쿠아
직업 아크 프리스트
그 누구도 제어할 수 없는 물의 여신. 특기는 연회용 장기자랑.
카즈마
직업 모험가
백수 기질이 있는 주인공. 행운 수치 하나만 비정상으로 높다.
다크 니스
직업 크루세이더
방어 전문 마조히스트 여기사. 실은 귀족 가문 아가씨.
직업 아크 위저드
홍마족 제일의 천재. 폭렬
이외에는 전혀 흥미가 없다

제1장 이 마법사에게 폭염을!

1

이 세상에는 마왕군이라 불리는 자들이 있다.

그들은 인간을 아득히 능가하는 힘을 지녔고 오랫동안 인류를 위협해왔다.

인간이 신에게 절대적인 힘을 부여받고도 맞설 수가 없는, 인류의 천적으로 군림해온 무시무시한 존재.

누구나 두려워해 마지않는 마왕군의 견고한 결계에 감싸인 본거지가, 현재―.

"『익스플로전』!! 『익스플로전』―!!!"

"와하하하하하! 와하하하하하하! 좋았어, 메구밍! 더 하라고! 너야말로 세계 최강의 마법사야~!!"

단 한 명의 엉터리 마법사에 의해 미증유의 위기에 처해 있었다.

"어이, 다크니스! 이 상쾌한 절경 좀 보라고! 생각해보니, 나는 마왕군 놈들 때문에 더럽게 고생했거든?! 드디어 한 방 제대로 먹여주네! 와하하하하, 꼴좋다! 별것도 아닌 게 마왕은 무슨!"

"아, 아아…… 아아아아…… 집 한 채 가격의, 최상급 마나 타이트가 한 개…… 두 개……."

메구밍이 마법을 쓸 때마다 다크니스가 새파랗게 질린 얼굴로 뭔가를 중얼거렸다.

"『익스플로전』—!!!! 『익스플로전』—!!!!!"

절규에 가까운 목소리가 주위에 울려 퍼질 때마다, 어처구니없는 위력의 폭렬마법이 마왕성을 감싼 결계에 작렬했다.

"저기 좀 봐! 마왕군의 정예들이 울상을 지은 채 뛰쳐나오고 있어! 원래라면 말도 안 되게 센 녀석들이겠지만, 지금의 우리한테는 코볼트나 다름없네!"

"아아아아아아아…… 어버버버버버버버……."

현재 상황을 설명하자면, 눈가에 이슬이 맺힌 채 행복에 겨운 표정을 지은 메구밍이 폭렬마법으로 공격을 개시했다.

그리고 세 번째 폭렬마법이 성의 결계에 명중하자 입에 거품을 문 마왕군 녀석들이 차례차례 성에서 뛰쳐나왔다.

우글우글 몰려나온 것은 칠흑색 갑옷을 입은 암흑기사였다.

그 외에도 칠흑빛 로브를 걸친 마도사 같은 녀석, 그리고 날개가 달린 가고일 같은 몬스터도 있다.

그 녀석들이 이제까지 만난 몬스터와 마왕군 병사 중에서도 손꼽히는 강적이라는 것은 한눈에 알 수 있었다.

원래의 우리라면 보자마자 눈썹 휘날리게 도망쳐야 하는 녀석들이 결계 밖으로 튀어나와 우리를 향해 몰려왔다.

하지만 언덕 위에 있는 우리에게 도달하기도 전에 일방적인 폭렬마법을 맞고 그대로 소멸했다.

가고일을 비롯해 날개를 지닌 몬스터가 하늘에서 강습하려 했지만 메구밍이 하늘을 향해 마법을 날리자 그대로 우수수 추락했다.

"『익스플로전』—! 『익스플로전』—!!!"

오늘의 메구밍은 마왕군 간부인 월버그와 결투할 때와 마찬가지로 마법 영창을 하지 않았다.

원래 영창이란 마법의 위력을 안정시켜서 제어하기 쉽게 하기 위한 것이다.

정해진 영창을 통해 마법의 폭주를 억누르면서 위력을 높인다.

하지만 폭렬마법을 궁극의 경지까지 연마한 메구밍은 무영창으로도 간단히 폭렬마법을 행사할 수 있다.

……뭐, 그럴 만도 해.

폭렬마법만을 한결같이 사랑해 온 이 아크 위저드는—.

“『익스플로전』! 『익스플로전』!! 『익스플로전』!!!!!”

평생, 이 마법만 썼으니까…….

신과 악마조차 멸할 수 있다는 마법 앞에서 마왕성의 정예들은 시체조차 남기지 못한 채 소멸했다.

다크니스는 새파랗게 질린 얼굴을 부들부들 떨며 그 광경을 지켜보고 있었다.

“지, 지옥이다……. 이 세상에 지옥이 펼쳐졌어……! 아무리 대량의 마나타이트 덕분일지라도 폐하나 귀족들이 이 광경을 본다면, 메구밍은 틀림없이 최중요 위험인물로 지정될 거다……! 이 나라가 메구밍을 내버려 두지 않을 거야……!”

“와하하하하! 이야, 기분이 끝내주네! 이제까지 쌓인 울분이 전부 씻겨 나가! 메구밍, 더 해! 결계가 파괴되더라도, 마법 연사를 멈추지 마! 아쿠아 녀석들은 방금 성에 들어갔잖아. 마왕은 아마 최상층에 있을 거라고. 결계가 사라지면, 마왕성의 상층부를 재로 만들어 버려!”

“아, 안 된다! 아쿠아의 불운을 생각하면 폭렬마법에 휘말릴 가능성이 크단 말이다! 그것보다 메구밍의 눈이 지금까지 한 번도 본 적이 없을 만큼 새빨개진 것 같다만……!”

눈이 진홍색으로 빛나고 있는 메구밍의 주위에는 대마법을 연발한 영향인지, 푸르스름한 방전 현상이 일어나 있었다.

차례차례 펼쳐지는 폭렬마법 때문에 마법에 조예가 없는

이가 보더라도 성을 감싼 결계가 곧 붕괴할 것처럼 보였다.

반투명한 방어막 같은 결계 곳곳에 금이 가더니 금방이라도 부서질 듯했다.

“『익스플로전』!! 『익스플로전』—!!!”

메구밍이 치명적인 마법을 계속 쏘아 대니 캡슐토이 자판기에서 구슬이 튀어나오듯 몬스터들이 차례차례 결계 밖으로 튀어나왔다.

그들도 헛되이 죽고 싶지는 않겠지만, 이대로 있다간 성의 결계가 파괴될 것이라는 사실을 알고 있으리라.

그들이 메구밍의 주의를 끄는 사이에도 마왕군의 마법사로 보이는 자들이 결계 안에서 마법을 펼치고 있었다.

결계를 복구하려는 것이겠지만 천리안 스킬로 그들의 얼굴을 보니, 금방이라도 울음을 터뜨릴 것처럼 절망적인 표정을 짓고 있었다.

그런 와중에 정예로 보이는 암흑기사들의 숫자가 줄어들었다. 그리고 이번에는 비장감 풍기는 도깨비 같은 병사가 밖으로 나와서 앞선 이들과 마찬가지로 폭렬마법에 의해 소멸했다.

……성 주위에 거대한 구덩이가 무수히 생겼을 때였다.

마왕군 병사들이 대부분 당한 건지 무모하게 밖으로 나오는 적의 발길이 끊겼고…….

—새하얀 가면을 쓴, 강적 분위기를 풍기는 마법사가 모습을 드러냈다.

가면뿐만 아니라 입고 있는 로브와 지팡이도 흰색이었다.

그 녀석은 이제까지 나타난 녀석들과는 분위기가 명백하게 달랐다.

마왕군인데도 불가사의한 청량감이라고 할까, 신성한 기운이 느껴진다고 할까…….

"뭔가가 나왔네요. 저 녀석이 그, 세계 최강의 마법사란 자일까요?"

볼을 붉힌 메구밍은 지금까지 한 번도 본 적이 없을 만큼 새빨개진 눈으로 방금 성에서 나온 마법사를 주시하며 공격을 멈췄다.

메구밍은 산더미처럼 쌓인 마나타이트에 허리 아랫부분을 묻은 채 행복한 표정으로 마나타이트의 감촉을 확인했다.

폭렬마법의 난사가 멎자 흰색 로브 차림의 마법사는 결계 밖으로 나와서 우리를 향해 당당히 걸어왔다.

몸 주위를 반투명한 막 같은 것으로 감싼 이 흰색 로브 차림의 마법사는 거물 느낌을 마구 풍기고 있었다.

아직 거리가 꽤 멀어서 대화를 나누는 건 무리였다.

우리가 누구인지, 그리고 목적이 무엇인지 물어보려는 걸까.

혹은 메구밍이 무시무시한 강적이라는 사실을 인정한 저

마법사는 최강의 이름을 걸고 그녀와 결투를 벌이려는 걸지도 모른다.

어쩌면…….

—바로 그때, 메구밍은 주저 없이 마법을 날렸다.

"『익스플로전』!"

""잠깐!""

나와 다크니스가 한 목소리로 그렇게 외쳤으나 메구밍의 지팡이 끝에서 뿜어진 폭렬마법은 그대로 흰색 로브 차림의 마법사에게 명중했다.

다음 순간, 엄청난 굉음과 함께 폭발의 연기가 주위에 휘몰아쳤다.

그리고 연기가 걷히자 폭발 때문에 파인 구덩이의 중심에는 가면과 로브가 소멸해서 알몸이 되어버린 남자가 쓰러져 있었다.

로브가 벗겨진 그 남자의 등에는 순백의 날개가 달려 있었다.

그렇다면 천사 계열의 몬스터인가?

일전에 위즈가 해치웠던 그 듀크라는 타천사와 동족일지도 모른다.

……그 알몸 천사를 우리가 멀찍이서 쳐다보고 있을 때 그

는 비틀거리면서 몸을 일으켰다.

""오오!""

메구밍의 마법을 견뎌낸 것을 보면, 저자가 바로 그 최강의 마법사라 불리는 마왕성의 수호자일 것이다.

나와 다크니스가 경악과 찬사로 가득 찬 목소리를 토했을 때, 비틀거리는 그 알몸 천사는 언덕 위에 있는 우리를 올려다보며—.

"……나……는……!! 마왕군…… 최……의……!! 느닷없이……!"

뭐라고 고함을 지르고 있지만 거리가 너무 멀어서 잘 들리지 않았다.

아마 이름을 밝힌 후 느닷없이 이게 무슨 짓이냐 같은 소리를 한 것이리라.

메구밍과 다크니스도 목소리가 들리지 않는 건지, 두 사람은 서로를 쳐다보고 고개를 갸웃거렸다.

나는 상대의 의도를 확인하기 위해 천리안과 독순술을 펼쳤다.

『들린다면 반응을 보여라! 그대들은 누구인가! 모험가인가?! 원거리에서 성에 직접 공격을 펼치다니, 그대들은 마왕과 용사의 전설, 그리고 왕도 전개라는 것을 모르는 것이냐! 이런

사도(邪道)를 저지르다니, 내 몸에 흐르는 신족의 피가…….』

스킬로 관찰했는데 저 알몸 천사는 영문모를 소리를 늘어놓았다.

"왜 그래요? 저 녀석이 무슨 소리를 하는지 알았나요?"

대체 뭐라고 떠들어대는 거야, 라고 말하는 듯한 표정을 지은 메구밍이 나에게 물었다.

"독순술 스킬을 써봤는데 멀찍이서 성을 공격하는 건 대박 약아빠진 짓이다, 같은 소리를 지껄이고 있네."

"으음, 최강의 마법사라 불리는 것치고는 꽤 어린애 같은 놈이구나……. 뭐, 확실히 이런 식으로 마왕을 퇴치한다는 이야기는 들어본 적이 없다만……."

팔짱을 낀 다크니스가 복잡한 표정을 지은 가운데, 메구밍은 지팡이를 치켜들었다.

"일단 공격해도 되죠?"

"마음껏 갈겨. 사정거리는 우리가 더 뛰어나니까, 상대방에게 어울려줄 필요는 없다고."

"아, 안 됐구나……."

메구밍이 이번에는 주문을 단축하지 않고 차분히 영창을 시작했다.

마법의 발사 속도보다 일격의 위력에 더 치중할 생각이다.

『경고는 했다! 내 힘을 잘 봐라! 마계에서 끌어낸 무한한 마력, 그리고 온갖 마법에 정통한 나의 힘, 그대들의 눈에 똑똑히…….』

“『익스플로전』!!!”

상대가 말을 끝까지 잇기도 전에 메구밍이 마법을 날렸다.

선전포고 도중에 공격을 당한 알몸 천사는 그대로 하늘 높이 튕겨 날아가더니, 이윽고 지면에 격렬하게 부딪혔다.

방금 폭렬마법이 제대로 먹힌 건지, 알몸 천사는 눈이 까뒤집힌 채 경련을 하며 꼼짝도 하지 않았다.

—바로 그때였다.

알몸 천사의 몸 주위에 복잡한 마법진이 떠올라 강렬한 빛을 뿜었다.

그에 맞춰 몸에 생긴 상처가 서서히 재생되었다.

……그러고 보니, 강력한 재생 능력을 지녔다고 했던가.

추락한 알몸 천사를 결계 복구를 맡고 있던 마법사들이 허둥지둥 결계 안으로 끌고 들어갔다.

그 모습을 본 메구밍은 지팡이를 정면으로 치켜들었다.

“결계 안에 틀어박히려나 보네요. 뭐, 어차피 저 결계는 파괴할 거니까요. 그 후 최강의 마법사가 누구인지 결판을 내도록 하죠!”

“『익스플로전』—! 『익스플로전』—!!”

메구밍이 인정사정없이 마법을 난사하는 가운데, 나는 결계 안에 있는 마법사들의 대화를 파악했다.

『아아아아, 어, 어쩌면 좋지?!』

『이제 틀렸어! 다 끝났다고……!』

『뭐야! 저 녀석들은 대체 뭐냐고! 정신 나간 거 아냐?!』

『결계가 더는 버티지 못해! 서두르지 않으면, 결계의 붕괴와 동시에 저 흉악한 홍마족이 우리를 전부 해치워버릴 거야!』

『왜 저런 최종 보스 같은 녀석이 느닷없이 쳐들어온 거야! 대체 어떻게 폭렬마법을 펑펑 쏴대는 거냐고!! 이세계의 마왕이 쳐들어온 거 아냐?!』

『어, 엄마~!』

마왕군의 마법사들이 공황 상태에 빠져 있을 때 기절해 있던 알몸 천사가 눈을 떴다.

그것을 확인한 나는 메구밍에게 신호를 보내서 공격을 잠시 중단시켰다.

알몸 천사가 부들부들 떨며 어찌어찌 상체를 일으키자, 마법사들은 그에게 망토를 걸쳐줬다.

그 모습을 멀찍이서 관찰하며 독순술 스킬을 써보니—.

『……나…… 나의…… 진정한…… 힘을 쓰……면……. 저, 저딴, 저딴…… 하찮은…… 홍마족…… 따위…………』

"내가 진짜로 실력 발휘를 하면, 저딴 절벽 가슴 홍마족 따위는 한방 감이다, 라고 하네."

"『익스플로전』—! 『익스플로전』—!!"

내 통역을 들은 메구밍이 다시 공격을 재개했고 결계의 붕괴가 코앞까지 치달았다.

"카, 카즈마, 진짜냐? 진짜로 저 녀석이 그런 소리를 한 것이냐?!"

"대충 비슷해."

다크니스한테 내가 그렇게 대답을 했을 때 마왕군 간부가 비틀거리며 몸을 일으켰다.

보아하니 아까 입은 상처도 순식간에 재생되고 있었다.

『저, 저, 정신 나간 홍마족의 마력이 바닥날 때를 노리겠다! 사정거리 면에서 적이 더 뛰어나다면, 이대로 결계 복구에 힘을 쏟을 뿐이다! 내 마력은 마계에서 무한히 공급되지! 장기전으로 가면, 저런 미친 마법사 따위는 상대하지 않아도 돼!』

『『『오오!』』』

작전이 들통났다는 사실을 알 리 없는 망토 천사가 결계 안에서 손을 들어 올리더니 결계 복구 작업에 착수했다.

"정신 나간 홍마족의 마력이 바닥날 때를 기다리겠다네. 자기한테는 무한한 마력이 있으니까, 미친 마법사 따위를 상대할 필요 없대. 그러니 결계를 고치면서 장기전으로 몰고 가겠다고 지껄였어."

"작살을 내버리겠어."

"잠깐, 카즈마! 진짜냐?! 진짜로 저자가 그런 소리를 한 것이냐?!"

"대충 비슷해."

망토 천사와 마법사들이 필사적으로 결계를 복구하는 가운데…….

눈동자가 찬란히 빛나고 있는 메구밍이 숨을 깊이 들이마셨다!

"『익스플로전』, 『익스플로전』, 『익스플로전』, 『익스플로전』, 『익스플로전』, 『익스플로전』, 『익스플로전』, 『익스플로전』, 『익스플로전』, 『익스플로전』……!"

『잠깐……, 멈춰……!』

빠른 어조로 익스플로전을 연사하기 시작한 메구밍에 의해 오랫동안 마왕성을 지켜온 결계가 순식간에 박살났다.

망토 천사에서 다시 알몸 천사가 된 마법사가 뭐라고 떠들어대고 있는 것 같지만…….

"『익스플로전』, 『익스플로전』, 『익스플로전』, 『익스플로전』, 『익스플로전』, 『익스플로전』, 『익스플로전』, 『익스플로전』……!"

이어지는 폭렬마법에 주위에 있던 마법사들이 전부 쓸려나갔고 수많은 구덩이의 중심에는 너덜너덜해진 알몸 천사만이 남아 있었다.

역시 세계 최강의 마법사다.

저 맷집에 감탄하고 있을 때 메구밍이 기나긴 영창을 시작했다.

이제까지와는 차원이 다른 마력이 넘실댔다.

마나타이트의 마력이 아니라, 이 순간을 위해 남겨뒀던 메구밍 본인의 마력을 전부 쏟아부어서 마법을 시전할 심산이리라.

현재 메구밍의 최대 마력은 최고 품질 마나타이트에 담긴 마력 총량을 상회한다.

폭렬마법 연사에 재생 속도가 따라오지 못해 빈사 상태가 된 알몸 천사는, 메구밍에게서 풍겨 나오는 범상치 않은 기운을 느끼고 작게 숨을 헐떡였다.

『내가…… 바……로…… 마왕군…… 최강…… 최고참이자…… 그 이름…….』

중얼중얼, 자신의 이름을 밝히려 하던 마왕군 최강자는—.

"『익스플로전』—!!!!!!!!"

메구밍이 날린 최대급 폭렬마법을 정통으로 맞고 결국 이름을 밝히지 못한 채 소멸했다.

2

"수고했어! 이야, 엄청난 참상인걸. 기동 요새 디스트로이어가 쳐들어왔을 때도 이 정도는 아니었을걸? 뭐, 이걸로

명실공히 네가 세계 최강……. 어, 어이, 메구밍. 코피 나.”

“예? 아…….”

드레인 터치로 약간의 마력을 넘겨주며 말했는데, 내 말을 듣고 나서 그걸 깨달은 메구밍이 달아오른 얼굴을 찡그렸다. 그리고 로브 소매로 코밑을 훔치자 로브가 붉은 피로 물들었다.

“아아…….”

나는 크리에이트 워터로 손수건을 물에 적셔서 얼굴을 닦아줬고, 메구밍은 차가운 손수건의 감촉이 좋은지 눈을 가늘게 뜨며 가만히 있었다.

그건 그렇고, 코피가 터질 정도로 흥분한 건가.

……아니, 이건…….

“어이, 메구밍. 너, 볼이 너무 뜨겁거든? 단순히 흥분 탓에 몸에서 열이 나는 게 아니지?!”

“괘, 괜찮아요. 걱정하지 마세요. 그럼 잘 보세요. 이제부터 마왕성의 상층부를…….”

열이 나는 메구밍이 그렇게 말하고 지팡이를 꼭 안아 들더니 비틀거리면서 성을 향해 돌아섰다.

다크니스가 그런 메구밍을 꼭 움켜잡았다.

“인류가 쓸 수 있는 최강의 마법인 폭렬마법을 이만큼이나 연달아 쓰지 않았느냐. 몸에 문제가 생기지 않는 게 오히려 이상할 거다. 마나타이트에서 끌어낸 마력을 몸 안에서 순환시켜 마법을 펼친다. 몸이 튼튼한 마법사가 평범한 마법을 쓸 때는 크게 부담이 되지 않지만……."

"메구밍의 몸에는 큰 부담이 된 거구나……."

"제, 제 몸이 작아서 문제가 생겼다는 듯이 말하지 마세요! 괜찮아요, 더 할 수 있다고요. 아니, 하게 해주세요!"

어리광을 부리는 메구밍을 말린 후 나는 주위에 떨어져 있는 마나타이트를 주워 모았다.

그것을 이번 여행 도중 내가 계속 매고 있었던 배낭에 집어넣자 메구밍이 잽싸게 배낭을 움켜쥐었다.

"어이, 오늘은 폭렬마법을 못 쓰게 할 거야. 그리고 이 짐은 내가 들 테니까, 무리하지 마."

"……하지만, 위험해지면 주저 없이 폭렬마법을 쓸 거예요. 그리고 이건 카즈마가 저한테 준 거니까, 제가 들겠어요."

억지를 부리네…….

메구밍이 계속 고집을 피워서, 위기 상황이 발생하지 않는 한 폭렬마법의 사용을 자제한다는 조건으로 그녀가 배낭을 짊어지게 했다.

아까 전의 폭렬마법 연속 사용으로 숫자가 꽤 줄어들어서 많이 무겁지 않다고 해도, 비틀거리는 메구밍이 커다란 배낭을 짊어진 모습을 보니 걱정이 되는걸…….

아무튼 이것으로 마왕성 돌입을 방해하는 가장 큰 장애물이 사라졌다.

주위가 완전히 정적에 휩싸인 가운데, 우리는 적 탐지 스킬로 주위를 경계하면서 성으로 향했다.

우리가 모습을 훤히 드러냈지만 성안이 혼란에 빠진 덕분에 공격을 받지는 않았다.

"……자, 이제부터 본격적인 싸움이 시작될 거야. 각오는 됐지?"

"그래. 여기서부터는 나에게 의지해다오. 드래곤이 나타나더라도 절대 물러나지 않겠다. 메구밍만 활약해서, 좀 분하기도 하거든."

아까 마왕성에서 튀어나왔던 암흑기사와 별반 다르지 않은 복장을 한 다크니스가 평소와 달리 의욕에 찬 얼굴로 그렇게 말했다.

"후후후. 오늘의 저보다 더 활약을 하고 싶다면, 마왕이라도 해치워야 할걸요?"

"큭……! 여기사의 소임은 마왕에게 잡히는 건데 말이다. 확 마왕 토벌이라는 목적을 달성할까, 아니면 여기사의 소임을 우선할까……."

"너희는 뭐하러 여기에 온 거야? 아쿠아를 까맣게 잊은 거 아냐?"

긴장감 없는 두 사람과 달리, 나는 적이 주위에 없는지 살피며 성문 쪽으로 향했다.

적의 기척도 느껴지지 않아서 거침없이 성문을 통과한, 바로 그때였다.

"아~!!"

"우왓?!"

아무것도 없는 공간에서 깜짝 놀란 목소리가 들려와 나는 무심코 고개를 들었다.

다음 순간, 낯익은 이들이 눈앞에 나타났다.

그들은—.

"메구밍! 으앙~, 메구밍, 메구밍!! 무무무, 무서웠어! 정말 무서웠어어어어어!"

"왜, 왜 그래요, 융융. 당신은 원래 눈물이 많지만, 오늘은 더 심한 것 같거든요?!"

그들은 바로 미츠루기의 파티와 융융이었다.

"사토 카즈마, 우리를 쫓아온 거냐! ……그것보다 용케 무사했구나! 마왕이 성밖에 있었을 텐데!"

여자애 두 명을 허리에 달고 있는 미츠루기가 느닷없이 그런 소리를 늘어놨다.

들러리인 두 여자애는 공포에 질린 건지 미츠루기에게 매달린 채 「마왕이, 마왕이」 하고 울먹이는 목소리로 중얼거리며 부들부들 떨고 있었다.

……그것보다, 마왕?

"아니, 왜 마왕이 성밖에 있다는 거야?"

메구밍이 머리를 쓰다듬어준 덕분에 진정한 융융은 고개

를 갸웃거리는 나에게 설명했다.

"저, 저희는, 아쿠아 씨 덕분에 이 성에 침입하는 데 성공했는데……. 마법으로 모습을 감추고 성안을 탐색하고 있을 때, 갑자기 마왕성을 노리는 의문의 폭발이 연달아 발생했어요……. 아쿠아 씨가 자신의 천적인 여신의 침입을 눈치챈 마왕이, 저희를 성과 함께 생매장하려고 하는 게 분명하다고 해서, 이렇게 허둥지둥 입구로……."

나와 다크니스는 그 마왕을 쳐다보았다.

마나타이트를 쥚어진 붉은 눈의 마왕은 우리의 시선을 받아서 고개를 돌렸다.

—그, 그러고 보니……!

"어이, 그런 소리를 했다는 아쿠아는 어디 있어?"

"그, 그게……!"

겨우 합류를 했는데 우리가 찾고 있는 아쿠아만 보이지 않았다.

융융이 미안하다는 표정을 지으며 설명을 하려던 순간, 비슷한 표정을 짓고 있는 미츠루기가 그녀의 말을 막고 입을 열었다.

"저기, 아쿠아 님은……. 우리와 떨어지고 말았어……. 갑작스러운 폭발 소동에 온 성안이 난리가 났지만, 융융의 마법과 내 동료의 잠복 스킬 덕분에 여기까지 오기는 했는데……. 분명, 이 근처에 계실 거야. 방금까지 같이 있었으니까. 그런데 잠시 눈을 뗀 사이에…….”

그 녀석은 이 짧은 시간에 성가신 일을 벌인 건가.

아니, 같이 도망치고 있었는데 왜 미아가 된 거냐고.

“미안해……. 네 앞에서 그렇게 잘난 척을 했으면서, 나는 아쿠아 님을 지키지 못했어……. 큭, 뭐가 마검의 용사야. 좋아하는 사람 한 명 지키지 못하면서……!”

“저기, 찬물 끼얹는 소리를 해서 미안한데…… 그 녀석은 툭하면 미아가 돼. 자주 있는 일이니까 개의치 마. 반성할 시간에 빨리 그 녀석을 찾으러 가자고.”

미츠루기가 의기소침하면 곤란해서 그렇게 말했지만 혼자가 된 아쿠아가 마왕군 병사와 마주친다면 그걸로 끝이다.

운이 나쁜 그 녀석이라면 언제 적과 마주쳐도 이상할 게 없으니 서둘러 찾아내야만 하는데…….

—성안에 들어선 우리는 미츠루기와 함께 앞으로의 방침을 결정했다.

“긴급 사태야. 뭉쳐 다니는 편이 좋겠지만, 일단 흩어져서 아쿠아를 찾자. 적이 나타나면 고함을 질러서 미츠루기나 융융을 부른 뒤 대신 해치워달라고 해. 자랑은 아니지만, 우리는 전투에 도움이 안 될 거라고 여겨줘.”

“아, 알았어. 당당하게 할 소리는 아니라고 생각하지만, 일단 너희한테는 의지하지 않을게. 무슨 일 있으면 바로 불러.”

메구밍과 다크니스한테 융융이나 미츠루기 근처에 있으라고 말해둔 후, 나는 적 탐지 스킬로 주위를 살폈다.

나는 전투 면에서는 믿음직하지 못하지만 단독 잠입이나 수색은 자신 있다.

다른 이들이 살피고 있는 장소에서 벗어난 나는 아쿠아가 있을 만한 장소를 찾아봤다.

……이 근처에는 적이 없네.

아무래도 1층에 있던 적들은 아까 메구밍이 대부분 해치운 것 같다.

그렇다면 함정 발견과 적 탐지, 그리고 잠복이 가능한 내가 이 근처를 샅샅이 수색해도 괜찮을 것이다.

"다크니스, 우리는 이쪽으로 가보죠. 아쿠아라면 적과 마주칠까 봐 눈에 잘 띄지 않는 어두운 곳으로 도망쳤을 거예요."

"하지만 융융 일행과 같이 도망쳤다면서? 그렇다면 겁쟁이인 아쿠아는 남들이 빨리 자기를 찾아주기를 바라면서 널찍한 통로 쪽으로……."

나는 그런 목소리를 들으며 다시 성안을 둘러보았다.

성의 내부 구조는 던전을 연상케 했다.

벽 곳곳에 불빛이 존재했고 침입자를 저지하기 위해서인지 통로가 복잡하게 뒤엉켜 있었다.

마왕의 성은 더 무시무시한 곳일 거라 상상했는데, 위압감 넘치는 겉모습과 다르게 성 내부는 비교적 깨끗했다.

뭐, 마족도 불결하고 눅눅한 성은 싫은 거겠지.

—그렇게 성을 관찰하던 나는 이상한 것을 발견했다.

막다른 통로 끝에 『누르지 마』라고 적힌 종이가 붙어 있었다.

그 종이 앞에는 마법진이 그려져 있고 옆에는 버튼이 있었다.

……뭐야. 함정치고는 너무 뻔하잖아.

시험 삼아 함정 발견 스킬을 써보니 아니나 다를까 스킬이 반응을 보였다.

그러나 함정이라는 사실을 알았을 뿐, 어떤 함정인지는 알 수 없었다.

일단 함정 해제 스킬도 지니기는 했지만, 이것은 내가 처음으로 던전에 들어가기 위해 크리스에게 배운 후 제대로 써본 적이 없어서 불안했다.

뭐, 함정은 그냥 내버려 두면 되겠지만…….

—그 순간, 나는 눈치챘다.

잠깐만, 이게 진짜로 함정일까?

평범하게 생각해보면 이렇게 단순한 함정에 걸려드는 바

보가 존재할 리 없다.

그렇다면 이것은 뭔가를 숨기기 위한 위장일지도 모른다.

예를 들면 마왕의 방 근처로 이어져 있는 직통 엘리베이터라든가…….

마왕이 긴급할 때 성에서 탈출하기 위해 입구 근처인 이 장소로 텔레포트가 가능하게 해뒀다거나…….

함정 발견 스킬이 반응하는 것을 보면 뭔가 장치가 되어 있는 건 틀림없다.

하지만 거꾸로 이렇게 생각해볼 수도 있지 않을까?

긴급 시의 텔레포트 장치를 감추기 위해 작은 함정을 설치해두는 것이다.

그렇다. 함정 발견 스킬이 반응하는 건, 목숨이 위험해질 수 있는 함정만이 아니다.

전송되었을 때 머리에 칠판 지우개가 떨어지는 애들 장난 같은 함정에도 함정 발견 스킬이 반응한다.

마왕은, 명색이 왕이다.

긴급 상황에 대비한 탈출구를 준비해둬도 이상할 것이 없고, 마왕 또한 항상 성에 틀어박혀 있지는 않을 것이다.

외출했다 성에 돌아올 때마다 미로 같은 통로를 이동해서 최상층에 있는 자신의 방으로 돌아가는 건 불편하다. 이것은 비밀 통로가 틀림없다.

마왕은 나이가 많다고 했으니까 이것이 함정이 아니라고

단언할 수 있다!

“훗……. 다른 얼간이들의 눈은 속일 수 있을지 몰라도, 내 눈은 속이지 못한 것 같군…….”

그런 혼잣말을 중얼거린 나는 마법진의 위에 서서 누르지 말라는 버튼을 눌렀다.

……아, 큰일 났다.

비밀 통로를 간파했다는 사실에 들떠 버튼을 눌렀는데, 동료들에게 미리 말을 해둘 걸 그랬다.

뭐, 내 생각이 옳다면 이 비밀 통로는 일방통행이 아니겠지.

어디로 이어져 있는지 확인한 후, 바로 귀환하면 된다.

—어느새 눈앞의 광경이 완벽하게 달라졌다.

그곳은 어둡고 눅눅한, 좁은 방이었다.

불빛이 없는 이곳에는 금방이라도 유령이 나타날 것만 같았다.

그리고, 어딘가에서, 여자의 흐느낌 같은 것이 들려왔다……!

“아차, 함정이었어!”

“끼야아아아앗~!”

내가 무심코 고함을 지르자 어둑어둑한 이 방의 구석에서 귀에 익은 비명이 들려왔다.

…………어이.

"아쿠아……?"

"……우엥? ……카즈마……?"

그 비명을 지른 건 방구석에서 무릎을 꼭 끌어안은 채 울먹거리며 몸을 웅크리고 있던 아쿠아였다.

아쿠아는 얼이 나간 표정을 짓더니 이윽고 얼굴을 일그러뜨리고—.

"카, 카즈마……! 우에에에에에엥~! 카즈마 씨, 카즈마 씨, 카즈마 씨~!"

감격한 것처럼 벌떡 일어나서 정말 무서웠던 건지 내 품속으로 뛰어들었다.

타고 난 행운으로 자동 회피 스킬을 발동시킨 내 몸은, 몸을 날리는 아쿠아를 깔끔하게 피해 버렸다.

3

"우에에에엥! 우와아아아아앙! 우에에에에에에에엥~!"

"미안해! 그래도 어쩔 수 없잖아. 이건 확률에 따라 멋대로 발동되는 스킬이야! 내가 잘못했으니까 울음 그쳐!"

내가 피한 바람에 벽에 머리를 찧고 만 아쿠아는 아직도 눈물을 그치지 않았다.

평소에 더 심한 일도 겪었으면서 왜 하필 이럴 때……!

……아니, 우는 게 당연한가. 나도 이 상황에서 같은 일을 겪었다면 울 거야.

"어이, 이제 조용히 좀 해! 여기는 마왕성이란 말이야! 그렇게 목청껏 울다간 마왕의 부하가 몰려올 거라고!"

"하, 하지만……! 모처럼 만났는데, 카즈마가, 카즈마가아아아아아!"

으으, 정말! 진짜 성가시네!

"자, 치료해줄 테니까 혹이 난 곳을 보여줘 봐. ……『힐』!"

나는 아쿠아의 머리에 생긴 혹에 손을 대고 힐을 걸었다.

그러자 아쿠아는 회복 마법 덕분에 통증이 가신 건지, 바로 울음을 그쳤다.

……아니, 눈을 한껏 치켜뜨더니—.

"히, 힐을 썼어……. 카즈마가, 카즈마가, 힐을 썼단 말이야……! 아, 아아, 아아아아……! 우에에에엥, 이 망할 백수가 결국 내 아이덴티티를 빼앗았어! 나를 화장실의 여신이라고 불러댄 거로 모자라, 유일한 특기까지 빼앗은 거야?! 좋아! 덤벼 봐, 이 도둑 백수 자식아! 내 진짜 적은 마왕이 아니라 너였구나! 이번에야말로 결판을 내주겠어!"

"헛소리 지껄이지 마! 네가 멋대로 돌아다니는 사이에, 내가 얼마나 고생했는지 알아?! 관심 종자 같은 편지만 남긴 채 사라져놓고 말이야! 진짜 성가신 여자네!"

나는 주먹을 말아쥔 아쿠아를 향해 이제까지 쌓인 울분을 퍼부었다.

"관심 종자?! 성가신 여자?! 이제 슬슬 천벌을 내릴 수밖에 없겠네……! 물의 여신을 화나게 한 걸 후회해……! 너한테, 머리 감을 때만 샤워기에서 물이 안 나오게 되는 벌을 내리겠어!"

"네가 내리는 천벌은 왜 매번 그따위냐고! 이러니까…… 어, 어이, 멈춰!"

멀리서 발소리가 들려와서 나는 어떤 스킬을 펼쳤다.

『진짜로 여자 목소리가 들렸단 말이다.』

『말도 안 돼. 여기는 상층부잖아. 침입자는 1층에서 어슬렁거리고 있다고 들었거든?』

이쪽을 향해 다가오는 발소리와 함께, 그런 목소리가 들려왔다.

내가 사용한 것은 다크 스토커라 불리는 특수 직업의 도청 스킬이다.

이것을 가르쳐준 사람은 스토커란 단어가 붙기는 했어도 어쌔신 같은 멋진 직업이라고 주장했지만…….

내가 그런 스킬을 익힌 줄 모르는 아쿠아가 말했다.

"왜 갑자기 괴상한 표정을 짓는 거야? 설마 나와 누구 얼굴이 더 괴상한가 승부를 하려는 거야? 아무리 다재다능한 나라도, 미인 여신의 이미지가 손상되는 짓은 좀……."

"누가 그런 바보 같은 승부를 하겠냐고! 일부러 괴상한 표정을 짓는 게 아니라, 진지한 표정을 지은 거야! 마왕의 수하가 이쪽으로 오고 있어! 빨리 숨어!"

나와 아쿠아는 이 어둑어둑한 방 안에서 허둥지둥 숨을 장소를 찾았다.

"그러고 보니 너는 왜 이런 곳에 있는 거야? 혹시 너도 그 버튼을 눌렀어?"

"맞아. 누르지 말라고 적어두면 누르고 싶어지는 심리를 이용한, 그 고도의 함정에 걸렸지 뭐야! 그 정도의 함정이면, 곧 마검 든 사람과 다른 동료들도 이곳으로 올 거야."

"그건 그래. 그건 인간의 심리를 역으로 이용한 무시무시한 함정이지. 그 녀석들은 분명 이곳으로 올 거야. 그렇다면 그때까지 시간을 벌어야 하나……. 숨을 만한 장소는…… 어."

""항아리 발견!""

나와 아쿠아는 사람이 들어갈 수 있는 크기의 항아리를 동시에 발견하고 손으로 잡았다.

"……이건 내가 먼저 발견했거든? 너는 딴 거를 찾아봐."

"너야말로 다른 곳에 숨어. ……아앗!"

항아리의 뚜껑을 열어보니 안에는 물이 있었다.

아무래도 음료수를 담아두는 항아리 같았다.

그 물을 본 아쿠아는 흐흥 하고 웃은 뒤 머리카락을 쓸어 올리고 말했다.

"어머나, 이 안에는 나만 숨을 수 있겠네. 물속에서 호흡이 가능한, 이 아름다운 물의 여신님만이 말이야……!"

아쿠아가 의기양양한 표정으로 도발을 하자—.

"그럼 이렇게 해주지."

"앗~!!"

나는 확 항아리를 발로 차서 넘어뜨렸다.

큰 소리를 내며 항아리가 깨지자 사방에 물이 튀었다.

『방금 그 소리, 들었지?! 누군가가 여기에 있는 게 틀림없어!』

『이쪽이야! 저쪽 방에서 소리가 났다고!』

방금 그 소리를 들은 건지 도청 스킬을 쓰지 않고도 방 밖에서 마족의 목소리가 들려왔다.

"뭐 하는 거야! 뭐 하는 거냔 말이야아앗!"

"아차, 내가 이런 실수를 저지르다니……! 아쿠아한테 태클을 날리는 게 하도 오랜만이라서, 무심코……!"

"카즈마는 때때로 바보인지 똑똑한지 알 수 없을 때가 있거든?! 어쩌지?! 들키게 생겼어!"

"거기 누구냐! 빨리 나와라!"

문을 힘차게 열어젖히는 소리와 함께 굵직한 목소리가 들려왔다.

나와 아쿠아는 될 대로 되라는 심정으로 방구석에서 몸

을 웅크렸다.

잠복 스킬의 효과를 보기 위해서인지 아쿠아가 내 옷자락을 꼼 움켜쥐고 나와 몸을 밀착시켰다.

암시 능력 덕분에 어둠 속에서도 훤히 보이는 나와 아쿠아는 이 방에 들어오는 녀석들이 똑똑히 보였다.

한 명은 칠흑빛 갑옷을 걸친 기사였다.

그리고 다른 한 명은 키가 2미터를 넘을 듯한 거구에, 뿔 두 개가 이마에 달린 적동색 도깨비였다.

그 둘은 내부를 둘러보더니 말했다.

"……아무도 없는데?"

"이상하네. 진짜로 아무도 없잖아."

그런 소리를 입에 담는 두 사람의 뒤편에서—.

《아니, 있어. 짜증날 정도로 반짝거리는 녀석이, 저기에 있다고!》

낡은 로브를 걸친 반투명한 유령이 아쿠아가 숨어 있는 장소를 손가락으로 가리키면서 사념을 뿜었다. 그것은 머릿속으로 직접 전해졌다.

"언데드, 그것도 레이스 따위의 몬스터가 감히 나를 보고 짜증날 정도로 반짝거린다고 해?! 티끌 하나 남지 않도록 정화해주겠어!"

"빌어먹을, 네가 같이 숨었을 때부터 잘 풀릴 리가 없다는 느낌이 들었다고!"

방구석에서 튀어나가며 레이스를 손가락으로 가리킨 아쿠아의 뒤를 이어, 나도 더스트에게 빌린 마법검을 뽑아 들고 모습을 드러냈다.

"역시 침입자인가! 빨리 다른 이들에게 지원을……. 잠깐만 있어 봐. 이 녀석들, 엄청나게 약해 보이는데……."

"그, 그래. 별 볼 일 없는 녀석 같네. 어때? 우리끼리 해치울까?"

《뭐?! 나는 저 여자만은 상대하기 싫어! 저 녀석은 진짜로 위험해! 천적 냄새가 풀풀 난다고!》

나는 멋대로 떠들어대는 마왕의 수하들을 향해 검을 들고 선언했다.

"아쿠아, 지원 부탁해! 그 대신 전위는 나한테 맡겨! 네가 없는 동안에 수많은 스킬을 익히고 각성한 내 힘을 보여주겠어!"

"꺄아~ 카즈마 씨, 멋져요~! 저기, 카즈마! 개인기가 능숙해지는 지원 마법을 걸어줄까?"

"걸어주세요! 그건 진짜 끝내주거든!"

전투태세를 취한 우리를 본 마왕의 수하들도 싸울 준비를 했다.

"저, 정말 시끌벅적하고 긴장감 없는 침입자들이군!"

"해치워버리자고! 이 입만 산 2인조를 갈가리 찢어버리자!"

《이 여자한테 다가가기만 해도 내 몸이 옅어져!》

지원 마법을 준비하던 아쿠아가 갑자기 미소를 짓고 말했다.

"저기, 카즈마? 평소처럼 위기에 처했는데, 상황이 정말 나쁜데, 왠지 참 즐거워! 이유가 대체 뭘까?!"

"젠장, 나도 그래! 되게 분하네! 하지만 평소로 되돌아간 느낌이라 마음이 놓여!"

전투 개시—!

4

지원 마법이 걸린 내가 아쿠아와 등지고 서서 전투태세를 취했다.

"아쿠아, 저 레이스는 너한테 맡길게!"

"나만 믿어! 아하하하하! 언데드가 내 앞에 나타나다니, 참 배짱 좋네! 어떻게 해줄까? 이 레이스를 이제부터 어떻게 괴롭혀줄까?!"

《윽, 이유는 모르겠지만 이 녀석이 너무 무서워! 위험해! 이 여자는 진짜 위험하다고! 미안한데 나는 도망쳐도 될까?!》

마왕성의 어디인지 모를 방 안에서 아쿠아가 레이스를 위협했다.

"어이, 페인. 그럼 상대를 바꾸자고! 너는 나와 함께 이 약해빠진 남자를 상대하자! 노스, 너는 페인을 겁먹게 한 저 여자를 해치워!"

"좋아, 나한테 맡겨! 페인, 뭣하면 너는 물러나 있어도 돼!"

《무슨 소리를 하는 거야! 검만 휘두를 줄 아는 전위야말로 내 먹잇감이란 말이다! 어이, 너! 각오 단단히 해. 나한테는 물리 공격이 안 통한다고!》

나와 대치한 도깨비처럼 생긴 녀석이 지시를 내렸다.

기사 타입인 몬스터가 아쿠아를 향해 살금살금 다가갔고 도깨비와 레이스가 나를 위협하듯 서서히 거리를 좁혔다.

……상황이 좋지 않은 방향으로 흐르는 것 같은데.

"카즈마, 이때는 그걸 써! 필살의 그거 말이야!"

"그거?! 그게 대체 뭔데?! 아까 내 입으로 각성했니 뭐니 지껄이긴 했는데, 나한테는 진짜로 숨겨진 힘이 있는 거야?! 그게 이 위기 상황에서 깨어난 거구나?!"

《""?!""》

내 말을 듣고 그것을 경계한 몬스터들이 움직임을 멈췄다.

"아냐! 카즈마 씨는 어디 내놔도 부끄럽지 않은, 지극히 평범한 일반인이야! 그런 게 아니라 그거 말이야, 그거! 이럴 때야 말로 그걸 써야 하잖아?!"

어깨 너머로 뒤편을 쳐다보니 아쿠아는 오른손 검지와 중지를 자신의 눈 아래편에 댔다.

……아하!

"이거 말이구나! 받아라, 『플래시』!"

""크억?!""

"꺄아~!"

이 마법은 시전자의 시력도 일시적으로 마비시키지만 나는 같은 실수를 되풀이하지 않는 남자다.

왼손으로 눈을 감싸고 펼친 섬광 마법에 기사와 도깨비가 얼굴을 가리고 비틀거렸다.

"젠장, 이 꼬맹이가……!"

"큭, 건방진 짓거리를……!"

내 섬광 마법은 기사와 도깨비에게 통한 것 같지만—.

《나는 눈알이 없다고! 그런 건 나한테 통하지 않아!》

"그게 어쨌다는 거지? 이걸로 네 동료들은 꼼짝도 못 해~! 그리고 저 녀석들의 시력이 회복되기 전에, 너는 이 세상에서 사라질 거라고! 아쿠아, 네 차례야! 해치워버려!"

나는 레이스를 향해 의기양양한 어조로 그렇게 말하고 등 뒤에 있는 아쿠아에게 지시를……!

"카, 카즈마 씨~! 카즈마 씨~!! 어, 어디 있어~?!"

"나한테 적들이 앞을 못 보게 하라고 했으면서, 너까지 당하면 어떻게 해!"

"그, 그게, 이런 마법을 익힌 줄은 몰랐단 말이야! 내가 말한 그건, 무슨 어스와 무슨 브레스를 이용한 잔재주였어!"

눈을 감은 아쿠아가 느릿느릿 다가오더니 손으로 더듬어서 내 옷을 움켜잡았다.

그런 우리를 본 레이스가 의기양양하게 말했다.

《아쉽게 됐는걸, 형씨! 나는 물리 공격이 안 통하니까, 너한테는 만에 하나의 승산도 없어! 끼얏호~!!》

푸르스름한 얼굴로 즐거워하던 레이스가 양손을 쑥 내밀었다.

영체(靈體)로 된 팔은 비정상적으로 늘어났고, 그 손가락 끝이 내 몸에 닿으려던 순간……!

"그, 그렇게는 안 돼!"

나는 등에 찰싹 붙어 있던 아쿠아를 앞으로 내밀어서 방패로 삼았다.

《"끼야아아아아아?!"》

그러자 레이스와 아쿠아가 비명을 질렀다.

아쿠아에게 다가가기만 해도 몸이 옅어진다고 말했던 레이스는 그녀의 몸을 직접 만진 바람에 상당한 대미지를 입은 것 같았다.

"저기, 카즈마! 방금 무슨 일이 일어난 거야?! 온몸에 소름이 돋았거든?!"

《저 남자, 완전 쓰레기잖아! 동료를 방패로 삼았어! 젠장, 내 팔이 소멸됐어어어어!》

눈을 꼭 감은 아쿠아가 고함을 질렀고 레이스는 자신의

오른손을 쳐다보며 울부짖었다.

"페, 페인, 상황이 어떻게 돌아가고 있지? 너한테 저 여자가 천적인 건 알았으니까, 하다못해 남자 쪽이라도 해치울 수 없겠나?!"

《그, 그게 쉽지 않아! 노스, 로기아! 빨리 시력을 회복해!》

어기적거리며 뚱딴지같은 방향으로 나아가던 기사가 레이스를 향해 고함을 질렀다.

—이것으로 이 녀석들 전원의 이름을 알았다.

레이스의 이름이 페인, 기사가 노스, 도깨비가 로기아인가.

그리고 현재 노스와 로기아는 시력이 아직 회복되지 않았다.

그런 상황에서 로기아가 검을 쥔 노스 앞에 등을 보이며 섰다.

—기회다!

"노스, 눈앞이다! 지금 네 눈앞에 남자가 있어! 해치워버려!"

"좋아!"

"끄아아아아아아앗!"

개인기를 잘하게 되는 지원 마법을 받은 상태에서 페인의 성대모사를 한 나는 노스에게 로기아를 베게 했다.

"어때?! 해치웠냐?!"

《해치우긴 무슨! 노스, 네가 벤 건 로기아라고! 아아, 맙소사…… 이 자식은 대체 뭐야?! 어떻게 오늘 처음 만난 내 목소리를 흉내 낼 수 있는 거지!》

쓰러진 로기아를 안아 든 페인이 나를 향해 울부짖듯 외쳤다.

"내내, 내가 로기아를 벤 거냐?! 뭐뭐뭐, 뭐가 어떻게 된 거지?! 상황을 설명해줘, 페인!"

페인의 충격적인 고함을 들은 노스가 당황한 채 온몸을 부르르 떨었다.

《저 남자가 내 목소리를 흉내 냈어! 노스는 시력이 회복될 때까지 가만히 있어! 네 마검에 베이면, 아무리 나라도 소멸하고 말아!》

"그, 그래! 알았다! 가만히 있겠어!"

노스는 그 말에 순순히 따르려는 건지, 그 자리에서 꼼짝도 하지 않았다.

나는 즉시 목 상태를 확인한 후……!

"그래! 그렇게 해! 이 돌대가리 자식, 너 때문에 일이 성가시게 됐잖아! 전부터 멍청하다고 생각했지만, 하필 이런 상황에서 발목을 잡다니……!"

"페페페페, 페, 페인?! 너너너, 너, 나를 그렇게 생각……?!"

《아아아, 아냐……! 방금은 저 남자가 한 말……! 젠장, 히

죽거리지 마! 확 죽여버린다, 이 자식아!》

내가 방패로 삼은 아쿠아를 경계하면서도 분노한 페인이 나에게 달려들었다.

아쿠아한테만 주의를 기울이는 것 같은데, 나에게는 마법의 무기가 있다고!

"죽어버려어어엇~!"

《아얏?! 네, 네 무기는 마법검이냐?! 큭, 언뜻 보면 약골 같으면서 장비는 좋은 걸 가지고 있군! 하지만 접근했으니 이제 끝이다! 받아라, 언데드의 비기! 드레인 터치~!》

"우오오오오?!"

노스와 아쿠아가 시력 회복에 힘쓰는 사이, 나와 페인은 진흙탕 싸움을 펼쳤다.

더스트에게 빌린 마법검으로 페인을 찌르면 상대는 내 몸에 손을 대고 생명력을 흡수했다.

"젠장, 떨어지라고! 『힐』! 『힐』!!"

《아야야야얏! 너, 너, 회복 마법도 쓸 줄 아는 거냐! 하지만 유감스럽게도 너의 미숙한 칼솜씨와 회복 마법으로 나한테 입히는 대미지보다, 내가 너한테서 빨아들이는 생명력이 더 많은 것 같구나!》

큰일 났다. 의식이 멀어지기 시작했다. 언데드 특효 실드를 쓰고 싶지만 페인이 실드까지 경계하고 있어서 뜻대로 되지 않았다.

나는 페인의 반투명한 몸에 왼손을 찔러넣었다!

《이게 무슨 짓…… 히이이이익?! 너너너너, 너, 이 자식! 인간 주제에 드레인 터치를……?! 머머, 멈춰라! 이러다간 내가 사라지고 말아!》

드레인 터치로 내가 힘을 빼앗으려 하니 페인도 지지 않겠다는 듯 드레인 터치를 펼쳤다.

영체에서 흘러나온 서늘한 마력 탓에 등골이 오싹해졌다.

언데드한테서 드레인으로 빨아들인 마력은 몸에 매우 나쁜 느낌이 들었다.

몬스터에게서 마력을 빨아들이는 것을 질색하던 위즈의 심정을 이제 이해했다.

아쿠아와 메구밍의 마력을 흡수한 적은 있지만 그때와 비교해서 뭐랄까……!

《크아아아, 내, 내 몸이……, 어, 왜 미묘한 표정을 짓고 있는 거냐!》

“레이스한테 마력을 빨아봤자 전혀 기쁘지 않아서 말이지! 미소녀 마법사한테 드레인을 썼을 때는 훨씬 기분이 좋았다고!”

《미소녀 마법사한테 드레인을……?! 저, 정말 부러워……! 네 심정은 이해가 되고, 이런 식으로 만나지 않았다면 드레인 이야기를 나누고 싶지만……. 적으로서 만났으니 이제 그만 결판을 내자, 인간!》

……이 자식.

네가 레이스가 아니라면 같이 술 한잔 했을지도 몰라……!

《"간다, 온 힘을 다한 드레인 터……!"》

"갓 블로!!!!"

서로가 전력을 다한 드레인 터치로 상대의 숨통을 끊으려던 순간, 아쿠아가 페인을 소멸시켰다.

"나한테 걸리면, 언데드 따위는 한방 감이라니까. 어때? 어때?"

"너, 너란 여자는 여전히 눈치가 없구나……!"

아쿠아가 칭찬을 해달라는 듯이 힐끔힐끔 나를 쳐다봤지만 지금은 그럴 때가 아니다.

"이, 이 자식들, 감히……!"

아쿠아와 마찬가지로 시력이 회복된 노스가 무거운 갑옷이 철컹거리는 소리를 내며 걸음을 내디뎠다.

일단 검을 치켜들었지만 중장비를 한 이 녀석에게 내 허약한 공격이 통할 것 같지는 않았다.

"어이, 아쿠아. 이 녀석은 동료를 자기 손으로 죽여놓고, 복수심에 불타는 주인공인 척 하고 있어."

"역시 마왕군의 기사다워. 악당답게 참 비열해."

"내, 내가 동료를 베게 만든, 네놈이 그런 소리를 하는 거냐!"

말로 냉정함을 잃게 만들려 했지만 이런 곳에 배치된 적답게 전혀 빈틈을 보이지 않았다.

검이 주 무기 같아 보이는 기사를 상대로 갑옷 사이의 틈새에 공격을 날리는 건 불가능하리라.

또한 드레인 터치를 쓰기 위해서는 상대의 몸에 접촉해야 하니까, 그것도 어려울 것이다.

……바로 그때, 노스가 사전 동작 없이 바로 나에게 쇄도했다.

"회, 회피!"

"……음? 네놈, 몸놀림은 나쁘지 않군. 이렇게 깔끔하게 공격을 피할 줄은 몰랐다."

운 좋게 자동 회피가 발동된 덕분에 노스의 공격을 피할 수 있었다.

큰일 났다. 상대가 휘두른 검 자체가 아예 보이지 않았어.

역시 최종 던전을 지키는 기사다. 이런 녀석을 상대로 칼싸움을 해봤자 이길 수 있을 리 없다.

하지만 게이머인 나는 알고 있다. 이렇게 뇌가 근육으로 된 타입은 마법에 약하다.

그것은 동서고금의 게임에서 상식이나 다름없다.

"『라이트닝』!"

"윽?!"

내가 중급 마법을 펼치자 나의 왼손과 노스 사이의 공간을 잇듯 푸르스름한 번개가 파지직거리며 뻗어나갔다.

노스는 몸을 부르르 떨더니 쥐고 있던 검을 놓쳤다.

"지, 진짜로 카즈마 씨가 다양한 스킬을 쓰고 있어! 맙소사 정공법으로 적을 압도하다니, 마치 이야기 속의 주인공 같잖아! 이건 말도 안 돼!"

"시, 시끄러워. 나도 때로는 제대로 싸울 때가 있다고!"

아쿠아가 흥분한 목소리로 멋대로 떠들어대는 사이, 노스는 떨어뜨린 검을 주워들었다.

"흠, 찬물을 끼얹어서 미안하군. 실은 놀라서 검을 놓쳤을 뿐이다. 방금 공격은 약간 얼얼하기만 할 뿐, 그다지 효과가 없었어."

"……기죽지 마! 기죽지 마, 카즈마! 그리고 나는 실은 쪼끔 안심했어."

"시끄러워~! 둘이서 작당하고 나를 바보 취급하지 마! 마력을 온존해두고 싶었지만, 이렇게 되면 내 비장의 카드를 보여주겠어!"

"""?!"""

내 선언을 들은 노스가 검을 수직으로 들더니 자세를 낮췄다.

내 뒤편에서는 아쿠아가 조마조마한 심정으로 지켜보고 있는 것 같은데 걱정하지 말라고.

마법 저항력이 뛰어나지 않은 상대라면 반드시 해치울 수 있는 비장의 카드가 있어!

"뭘까……. 빔일까……! 드디어 빔을 쏘는 걸까……!"

아쿠아는 눈을 반짝이며 조마조마한 심정으로 지켜보고 있지만, 딱히 나를 걱정하는 것 같지 않았다.

뭔가를 기대하는 아쿠아의 시선을 받으며 나는 웅얼거리듯 마법을 영창했다.

그런 나를 본 노스는 자세를 더욱 낮췄다.

"뭘 하려는 건지 모르겠지만, 마법을 발동시킨 순간에는 네 복부에 구멍이 뚫려 있을 거다. 어떤 기술을 쓸 건지 미리 선언해두지. ……찌르기다. 네놈의 뒤편에 있는 여자까지, 내 찌르기로 한꺼번에 꿰뚫어주마. 아까처럼 공격을 피하면, 저 여자는 목숨을 잃을 거다."

"……들었지?! 아쿠아, 죽을힘을 다해 피하라고!"

"저기, 그 말은 피할 생각이란 소리지?! 자기 몸을 방패 삼아, 연약하고 아름다운 여신님을 지킬 생각은 없는 거야?!"

나는 영창을 마친 마법을 언제든 펼칠 수 있는 상태에서 노스의 움직임을 관찰했다.

아쿠아가 뒤에서 내 옷을 움켜쥐고 있는 것이 매우 신경 쓰였다.

이 녀석, 여차할 때는 나를 방패로 삼으려는 건가?

동료를 방패로 삼는 건, 인간뿐만 아니라 여신으로서 문제 있는 행동이라고 생각하는데 말이야.

……혹시, 아까 내가 레이스를 상대하다가 자기를 방패로 써서 복수하려는 건가?

"……너희는 대체 뭐냐? 어디서 튀어나온 거지? 결계가 파괴됐다는 보고는 방금 받았다. 하지만 이 상층부는 상당한 실력자가 아니면 도저히 도달할 수 없는 장소인데……. 그러고 보니 이 방은 함정을 담당한 녀석들이 재미 삼아 만든, 어처구니없는 텔레포트 함정의 전송 장소일…… 텐데…………."

검 끝을 흔들며 중얼거리던 노스는 곧 퍼뜩 놀란 것처럼 고개를 들고—.

"너, 너희들……. 설마 그 멍청한 함정에 걸린 거냐?!"

"아아아, 아냐! 나는, 그게 함정이라는 걸 눈치챘어! 마왕의 방으로 이어진 최단 루트가 여기라는 것을 눈치채고, 일부러 걸려준 거라고!"

"마, 맞아! 나도 그게 함정이라는 건 애초부터 알고 있었거든?! 나의 이 혜안으로 이게 지름길이라는 걸 꿰뚫어 봤단 말이야!"

나와 아쿠아가 그런 말을 늘어놓자 노스는, 어어…… 하고 중얼거린 뒤—.

"역시 그 멍청한 함정에……."

"입 닥치고 이거나 먹어어엇~!"

내가 마법을 날린 순간, 노스는 즉시 반응하고 우리를 향해 쇄도했다.

젠장, 허를 찌를 생각이었는데 반응이 너무 빠르네!

내가 어떤 마법을 쓰더라도 동귀어진할 수밖에 없는 상황이다.

하지만 내가 쓴 비장의 카드는 바로……!

"『텔레포트』!"

"읏?! 크크, 텔레포트인가! 유감이지만, 나한테는 텔레포트가……."

텔레포트를 당한 노스는 검을 내지른 상태에서 무슨 말을 하려다, 검이 명중하기도 전에 전송됐다.

그리고 어찌 된 건지, 내 눈앞에서는 철컹 소리를 내는 빈 갑옷만이 굴러다녔다.

"카즈마가 텔레포트까지 썼어……! 말도 안 돼! 이 남자, 진짜로 비장의 카드를 가지고 있었잖아! ……저기, 방금 걔를 어디로 보낸 거야?"

"액셀의 경찰서야."

여행을 떠나기 전에 내가 등록해둔 텔레포트 장소는 두 곳이다.

액셀 마을의 경찰서 앞, 그리고 바닐 일행과 갔던 던전의 최하층이다.

던전으로 보내도 괜찮겠지만 마을에 돌아가면 바닐을 데

리고 그곳 최하층에 남겨둔 보물을 가지러 가야 한다.

그곳에 아까 그 기사를 보냈다간 나중에 내가 던전으로 텔레포트를 했을 때, 그 녀석에게 살해당할 가능성이 있는 것이다.

"그런 곳으로 보냈다간 경찰들이 고생하지 않을까?"

"곤란할 때는 국가권력에 의지해야 하지 않겠어? 평소에 마을 양아치와 건달 같은 모험가들까지 단속하는 사람들이니까, 그런 몬스터 정도는 식은 죽 먹기일 거야. ……훗, 각성한 나한테 걸리면 이따위 적은 아무것도 아니지."

내가 여유로운 미소를 머금자 아쿠아는 눈을 반짝이며 말했다.

"여전히 남에게 의지하는 걸 보니 안심이 돼! 역시 카즈마 씨는 조무래기 느낌이 팍팍 나야 한다니깐!"

"아하하하, 인마~! 그런 헛소리를 늘어놓으면, 나 혼자 텔레포트로 돌아 가버린다~!"

"어머나~, 카즈마 씨는 농담도 잘하네! 푸푸푸푸풉~! ……농담이지? 저기, 농담 맞지?!"

매달리는 아쿠아를 깔끔하게 무시한 나는 다시 방안을 둘러보았다.

그곳에는 신뢰하던 동료의 손에 죽은 도깨비의 시체, 그리고 노스가 입고 있던 갑옷만이 굴러다니고 있었다.

"왜 그 녀석의 갑옷은 텔레포트되지 않은 걸까?"

"……아마 전송된 그 사람은 마법 저항력이 약한 인간 아니었을까? 옛날에 봤던 듈라한도 갑옷에 신성 마법에 대한 가호가 부여되어 있었잖아? 텔레포트 마법에 걸리면 전송되는 장소에 따라 즉사할 수도 있어. 그래서 거기에 대처할 가호를 갑옷에 부여해뒀는데, 멍청하게도 텔레포트 저해가 아니라 텔레포트 금지의 가호를 건 게 아닐까?"

…………….

"그래서 갑옷은 전송되지 않았지만, 입고 있던 그 녀석은 전송된 거야? 그럼 결함품 아냐?"

"나도 몰라. 그리고 아까 그 기사는 멍청해 보이긴 했잖아."

……맙소사.

즉, 자기한테는 텔레포트가 통하지 않는다고 자신만만하게 말했던 그 녀석은, 알몸으로 경찰서 앞에 보내진 건가.

뭐, 갑옷 안에도 옷을 입고 있었겠지…….

"내 필살의 텔레포트가 결함품인가 했는데, 그렇지 않다니 됐어. 일단, 여기서 다른 녀석들이 돌아올 때까지 얌전히 기다리자고."

"그래. 엄청난 함정이었잖아. 분명 다른 애들도 금방 여기로 올 거야."

그렇다. 내가 걸려들었을 정도의 함정이니 다른 녀석들도 금방 이곳으로 올 게 틀림없다.

그런 확신을 품은 나와 아쿠아는 이 방의 구석에서 다른 사람들이 올 때까지 기다리기로 했다.

이 여신에게 행운을!

1

""안 오네.""

우리가 이곳에 오고 시간이 얼마나 흘렀을까.

방구석에서 아쿠아와 끝말잇기를 하며 기다렸지만 아무도 오지 않았다.

"어떻게 된 거야. 그 고도의 함정에 아무도 걸려들지 않는 거야? 에이, 말도 안 돼……."

나는 턱을 매만지며 그렇게 중얼거렸고 아쿠아는 작게 고개를 끄덕였다.

"……어쩌면 그 고도의 함정 자체를 발견하지 못한 걸지도 몰라. 뭔가를 파괴할 생각밖에 없는 메구밍, 그리고 남한테 두들겨 맞을 생각밖에 없는 다크니스잖아? 그 애들은 주의력이 좋은 편이 아냐."

……납득이 됐다.

"맙소사. 그럼 미아가 된 그 녀석들을 우리가 찾아야 한다는 거잖아."

"그래. 하아, 잠시 눈을 떼면 미아가 되어버린다니깐. 그 애들은 진짜 내가 없으면 안 돼!"

다른 사람들과 떨어져 미아가 된 우리는 이 자리에 없는 녀석들을 마구 씹어댔다.

……계속 이러고 있을 수는 없지.

하지만 다른 사람들과 합류하기 위해서는 어떻게 해야 할까.

한동안 이 방을 살펴봤지만 원래 장소로 되돌아갈 장치는 설치되어 있지 않았다.

우리가 싸웠던 노스는 이곳이 마왕성의 상층부라고 말했다.

즉, 우리는 최종 던전의 끝부분에 있는 것이다.

"……어이, 아쿠아. 우리 둘이서 위험한 마왕성을 탐색하는 것과, 그냥 텔레포트로 액셀 마을에 돌아가는 것 중에서 어느 쪽이 나을 것 같아?"

"텔레포트로 돌아가는 쪽에 한 표야."

이럴 때는 마음이 맞네.

"……실은 나도 그러고 싶거든? 하지만 메구밍과 다크니스가 사랑하는 나를 포기하고 액셀로 돌아갈 리 없다고. 어쩌면 좋을까."

"그래……. 그 두 사람이 경배하는 나를 두고 돌아갈 리 없어."

이 자리에 그 두 사람이 있었다면 발끈했을 소리를 멋대로 늘어놓으면서 나와 아쿠아는 계속 기다렸다.

—바로 그때였다.

“……어? 멀리서 시끄러운 소리가 들리네. 잠시만 기다려.”

방 밖에서 누군가가 허둥지둥 뛰는 소리가 들려왔다.

도청 스킬을 펼쳐서 방 밖의 상황을 살펴보니—.

『지원, 지원이 필요해!』

『상층부 녀석들도 내려와! 침입자들이 날뛰고 있어! 결계를 부순 녀석들이 위로 올라오고 있는 것 같아!』

『싫어어어! 마왕성의 경비병은 안전하고 안정된 엘리트 직업이라고 들었단 말이야! 애완 네로이드에게 먹이를 주는 걸 깜빡해서 그러는데, 집에 돌아가도 돼?!』

아무래도 미츠루기와 융융 녀석들이 우리를 찾으며 날뛰고 있는 것 같다.

……그렇다면 한동안 여기서 기다리는 편이 안전할까?

“다른 애들이 날뛰고 있나 보네. 위로 올라오고 있는 것 같아.”

“흐음, 역시 내가 고른 전설의 시종들다워. ……마왕성에서 꼼짝도 못 하고 있는 여신을 구하려 하는 용사들. 저기, 이건 한 폭의 그림으로 남겨도 될 상황 아닐까?”

“실제로는 가출해서 미아가 된 거로 모자라, 함정에 걸린 바람에 마왕성에서 꼼짝도 못 하는 여신을 구출하려는 거지만 말이야."

내 태클을 들은 아쿠아가 무릎을 꼭 끌어안은 채 불만을 표시하듯 내 어깨를 마구 찔러댔다.

아, 맞다.

"너, 메구밍과 다크니스를 만나면 사과해. 집에 돌아가면, 다크니스한테 엄청나게 설교를 들을 거야. 평소 같으면 너와 같이 혼이 날 메구밍도, 이번만은 감싸주지 않을걸?"

"……카즈마 씨, 카즈마 씨. 집에 돌아가면 괴상한 모양을 한 내 비장의 돌을 줄 테니까, 감싸주지 않겠어? 나도 이번만큼은 쪼끔 반성하고 있단 말이야."

겨우 쪼끔만 반성한 거냐며 설교하고 싶지만 아쿠아가 이 상황에서 울음을 터뜨린다면 골치가 아플 것이다.

어차피 그 두 사람이 내 몫까지 이 녀석을 꾸짖어주겠지.

—그러고 보니, 이 녀석을 만나면 해주고 싶은 말이 훨씬 많았는데.

게을러터진 내가 아쿠아를 쫓아가기 위해서 던전에 제발로 들어가 수련을 했고 결계를 깨기 위해 전 재산을 탕진했다. 그리고 액셀 마을 사람들이 이 녀석을 얼마나 걱정하고 있는지도 말해줄 생각이었다.

원래라면 여신의 적인 위즈와 바닐마저 협력해줬다.

이번 여행을 하는 동안 있었던 일, 그리고 아쿠시즈 교도는 구제 불능이라는 점 등등…….

그것 말고도 해주고 싶은 말이 잔뜩 있지만 이 녀석이 마음 푹 놓은 채 멍청한 표정을 짓고 있는 모습을 보니까…….

"……어? 왜 이상한 표정으로 내 얼굴을 쳐다보는 거야? 오랜만에 여신님의 존안을 배알해서 감동한 거야? 나를 숭배할 마음이 좀 든 거라면, 이제부터 저녁 반찬은 내가 먹고 싶은 걸…… 아야얏, 아프거든?! 거들먹거린 건 사과할게! 아얏! 그건 그렇고, 이런 대화도 오랜만에 나누는 느낌이 들어!"

……혼나고 있는데도 왠지 조금 기뻐 보이는 아쿠아의 볼을 잡아당겼을 때였다.

『다들 잘 들어라! 대군을 이끌고 인류와의 결전에 임한 마왕님의 따님께서, 현재 왕도의 기사단을 상대로 압도하고 계신 듯하다! 따님께서 개선하셨을 때, 성을 맡은 우리가 침입자에게 쩔쩔맸다는 사실이 알려지면 책임 문제가 될 거다! 이제부터 모든 층의 모든 방을 샅샅이 뒤져라! 침입자를 발견하는 즉시, 그대로 갈가리 찢어버려라!』

도청 스킬을 발동시킨 나는, 그런 말을 들었다.

"—저기, 카즈마. 진짜로 할 거야? 나, 지금까지 고생을 엄청나게 했지만, 그건 비교도 안 될 만큼 큰일인 것 같은 예감이 들어."

"하지만 이대로 저 녀석들이 이 방을 조사했다간 그걸로 끝이라고. 나도 무섭지만, 마왕성을 어슬렁어슬렁 돌아다닌 건 바로 너잖아. 게다가 지금은 마왕을 진짜로 해치울 수 있을지도 모르는 기회야."

이대로 있다간 머지않아 발각되고 말 것이다.

그래서 내가 기사회생의 작전을 내놨는데—.

"그건 그렇지만, 이제 마왕 같은 건 어찌 되든 상관없다는 느낌이 들어. 카즈마를 만나서 안도했더니, 이제 다른 두 사람과 합류한 뒤 빨리 돌아가고 싶어."

정말 어처구니없는 여신이다. 그럼 그 편지는 대체 뭐였던 걸까.

……하지만 그 심정은 충분히 이해된다.

"나도 마왕을 찾아갈 생각은 별로 없어. 하지만 다들 의욕을 불태우고 있잖아? 이 상황에서 우리가 마왕이 무서우니까 그냥 돌아갈래요, 같은 소리를 하면 어떻게 될 것 같아?"

"돌팔매질을 당해도 불평을 못 하겠네."

"그렇지? 그러니 우선 이곳을 탈출한 다음, 다른 녀석들과 합류하자. 그러고 나서 마왕이 있는 방에 간다면, 나한테 좋은 생각이 있어. 내 진정한 필살기를 보여주지."

나는 그렇게 말하면서 투구를 깊이 눌러썼다.

—이 투구는 아까 텔레포트로 전송된 기사가 남겨두고 간 것이다.

결국 이 갑옷 안에 어떤 몬스터가 들어있었는지는 확인하지 못했으나, 갑옷에서 짐승 냄새가 나지 않는 것을 보면 의외로 인간과 흡사할지도 모른다.

사이즈가 좀 크지만 갑옷을 입더라도 그 무게 때문에 걷지 못할 정도는 아니었다.

"필살기가 대체 뭘까?! 빔? 이번에야말로 진짜 빔인 거야? 아니면 설마, 내가 선보였던 개인기……!"

"그럴 리가 없잖아. 헛소리 말고 너도 빨리 준비해. 자, 개인기가 능숙해지는 마법을 또 걸어달라고. 그리고 나는……. 크크큭……. 아무래도 이 녀석을 쓸 때가 온 것 같군……."

나는 음흉한 웃음을 흘리면서 액셀 마을에 사는 상급 직업인 어쌔신 모험가가 준 독 포션을 꺼냈다.

"카즈마 씨, 카즈마 씨. 그건 마왕을 쓰러뜨리려 하는 용사가 쓰면 안 되는 물건이라고 생각해. 여신의 본능이 그 포션을 정화하라고 호소하고 있거든?"

"이, 입 다물어. 나도 실은 좀 찜찜하단 말이야……. 필살 스킬을 가르쳐준 어쌔신 모험가가 이 포션도 챙겨줬어. 나는 이 세상을 지키기 위해서라면 얼마든지 손을 더럽힐 거야. 동료를 위해, 모두를 위해, 후회가 남지 않도록 전력을 다할 거라고."

쓸데없는 짓을 하려는 아쿠아를 견제하며, 더스트에게 받은 마법검의 끝부분에 포션의 내용물을 발랐다.

"멋진 소리로 얼버무리고 있지만, 카즈마 씨는 점점 용사에서 멀어지고 있네. 친구는 골라서 사귀는 게 어때?"

"아쿠시즈교가 모시는 신과 한집에서 살고 있는데, 이제 와서 친구를 골라 사귀어서 뭐 하냐고. ……어이, 그만해. 이건 비싼 포션이야! 정화하지 말라고!"

나는 포션을 바른 검을 허둥지둥 검집에 집어넣은 후—.

"……좋아. 그럼 준비는 됐지? 가자."

"응, 언제든 출발해도 돼. ……저기, 카즈마. 너무 거칠게 대하지는 마. 심하게 굴면 나도 안 참을 거야. 자랑은 아니지만, 나는 인내심이 강한 편이 아니거든?"

네가 인내심이 강한 여자가 아니라는 건 너와 오랫동안 함께 다닌 내가 누구보다 잘 안다.

검은 갑옷을 걸친 나는 이 방의 문을 연 후 노스의 목소리를 흉내내서 이렇게 말했다.

"침입자를 발견했다~!!"

2

갑옷을 입은 몬스터들이 나와 아쿠아를 둘러싼 가운데, 거대한 양손 도끼를 쥔 거구의 산양 머리 몬스터가 고개를 저었다.

"……틀렸어. 로기아 녀석은 이미 숨통이 끊어졌다. 저 여자를 두고 도망쳤다는 남자는 상당한 실력자 같군. ……로기아의 몸에 난 상처를 봐라. 무방비한 상태에서 일격을 맞은 것처럼 상처가 깊은걸."

무방비한 상태에서 일격을 맞은 게 맞거든.

산양 머리가 감식 결과를 말하자 무기로 아쿠아를 겨누고 있던 도마뱀 머리 몬스터가 분노를 터뜨렸다.

"젠장, 로기아의 원수! 잡힌 이 여자를 갈가리 찢어버리겠어!"

"뭐, 뭐야! 해보자는 거야?! 나는 강하거든?! 이래 봬도 나는 아쿠시즈 교도의 숭배를 한 몸에 받고 있단 말이야!"

아쿠아가 도마뱀 머리를 향해 그렇게 대꾸하며 위협하듯 전투태세를 취하니, 그녀를 포위하고 있던 몬스터들이 낯빛을 바꾸고 부리나케 물러났다.

"아쿠시즈 교도! 맙소사, 이 녀석은 아쿠시즈 교도인 거냐!"

"큰일 났어! 나, 아쿠시즈 교도와 말을 섞었다고!"

"반사!"

"어이, 나는 아쿠시즈 교도 따위와 얽히고 싶지 않아!"

"우와…… 저 파랑 머리 좀 봐. 아쿠시즈 교도의 악취가 풀풀 난다고~!"

몬스터들은 나와 아쿠아한테서 부리나케 떨어진 뒤 그런 소리를 중얼거렸다.

"…………윽!"

"우왓! 어이, 노스! 저 녀석이 허튼짓 못하게 네가 막아!"

"큰일 날 뻔했네! 하마터면 아쿠시즈 교도와 얽힐 뻔했어!"

멋대로 지껄이는 몬스터들에게 아쿠아가 달려들려고 하자 그 위협적인 행동에 이 자리에 있는 몬스터들이 허겁지겁 뒷걸음질 쳤다.

아쿠시즈교의 광견, 아니, 아쿠아의 목에는 내가 손에 쥔 바인드용 밧줄이 묶여 있었다.

아쿠아 본인은 손발이 묶여 꼼짝도 못 하는 것보다 이쪽이 낫다고 해서 이렇게 된 건데…….

"어이, 노스. 그 녀석을 성밖에 버리고 와. ……역시 너는 솜씨가 뛰어나지만 머리가 유감스럽구나……. 그 녀석은 아쿠시즈 교도라고. 노스, 너는 그 녀석이 무섭지 않은 거야? 아니, 그 이전에 아쿠시즈 교도가 어떤 놈들인지 알기는 하냐?"

다른 몬스터들과 함께 멀리서 아쿠아를 쳐다보고 있던 산양 머리가 그런 질문을 던졌다.

……그렇다. 아쿠아를 생포한 척하는 갑옷 기사 노스로 위장한 나에게 말이다.

이 자리에 있는 몬스터들의 두목 격인 산양 머리가 한 말에 따르면, 그 노스란 갑옷 기사는 역시 머리가 나쁜 편이었던 것 같다.

그 녀석의 목소리는 기억하고 있지만 말투가 어땠더라…….

나는 목에 손을 대고 노스의 말투를 떠올리며 말했다.

"어이, 나리! 무슨 소리를 하는 검까! 이 여자는 놓친 그 남자를 상대할 비장의 카드라고요! 그 카즈마란 남자는 무시무시할 정도로 실력이 좋은 데다, 마법까지 쓰는 만능 타입의 강적이었어요. 하지만 이 여자를 인질로 잡아두면 우리가 질 리 없슴다! 지금 날뛰고 있는 녀석들도, 이 녀석을 이용해 유인하자고요!"

내가 노스의 성대모사를 하며 그렇게 말했는데 어떻게 된 건지 몬스터들이 뒷걸음질 쳤다.

어, 어라?

목소리는 분명 비슷했을 텐데…….

"어, 어이, 노스. 전투 도중에 머리라도 다친 거냐? 원래 너는 머리가 좋은 편이 아니었지만, 말투까지 멍청해졌잖아. 좀 기사 느낌의 말투를 쓰라고 내가 말했지? 그래야 그나마 똑똑해 보일 거라고……."

"그것보다 여자를 인질로 삼다니, 꽤 악랄해졌는걸……."

"질리겠어~. 살짝 질리겠다고~."

몬스터들이 입을 모아 그렇게 말하는 가운데, 산양 머리는 턱에 손을 대고 잠시 생각에 잠겼다.

"……흠. 실력 하나는 확실한 네가 강적이라고 말할 정도의 상대라면, 비장의 카드를 남겨두는 편이 좋겠지. 좋다, 노스!

너는 그 여자를 데리고 따라와라! 네가 이 여자를 감시하는 거다. 그 여자가 우리에게 절대 다가오지 못하게 해라!"

산양 머리가 다짐을 받듯 그렇게 말한 후, 뒤돌아선 순간―.

"…………."

아쿠아는 아무 말 없이 달려가더니 산양 머리의 등을 만졌다.

"아~! 아쿠시즈 교도가 마몬 님의 등에 손을 댔어!"

"우웩! 마몬 님, 반사!"

"노스! 이 여자를 감시하라고 내가 말했지 않았느냐! 이익! 떨어져라, 아쿠시즈 교도! 썩 꺼지란 말이다! 쉿쉿!"

―몬스터 무리와 함께 어둑어둑한 마왕성 안을 걸었다.

어둠을 꿰뚫어 보지 못하는 녀석도 있는지 성 곳곳에는 횃불을 든 자가 있었다.

……만약 정체가 들킨 경우, 저 불을 끄면 유리해질 것 같다.

만일의 경우를 고려하며 나는 아쿠아를 데리고 제일 뒤에서 걷고 있었다.

동료의 복수 삼아 아쿠아를 해치려 하는 자도 없었고 지금까지는 순조롭다.

목적은 이대로 안전하게 미츠루기 일행과 합류하는 것, 그리고 마왕이 어디 있는지 알아내는 것이다.

……바로 그때였다.

(카즈마 씨, 카즈마 씨.)

나의 바로 앞에서 걷고 있던 아쿠아가 속삭이듯 말했다.

기피 대상인 아쿠아를 데리고 있는 탓에 몬스터들이 나와 거리를 두고 있지만, 그래도 말을 걸지는 말아줬으면 한다.

(왜 그래. 말 걸지 말라고 했지?)

내가 작은 목소리로 그렇게 말하자 아쿠아는 기묘한 표정을 지었다.

(나, 이미 인내심이 바닥났거든? 왜 내가 이렇게 혐오의 대상이 되는 거야? 어떻게 여신을 이런 식으로 취급할 수 있는 건데? 악당에게 잡힌 비애의 여신님 같은 취급을 예상했거든? 뭐랄까, 이건 광견병에 걸린 짐승 취급 아냐?)

(어이, 조금만 더 참아. 이 숫자를 상대로는 도망치기도 어렵다고. ……아, 도착한 것 같네.)

나와 아쿠아가 도착한 곳은 곳곳에 무기가 놓여 있는 넓은 방이었다.

그곳에는 나와 같은 갑옷을 입은 기사가 열 명 이상 대기하고 있었다. 그 바람에 몬스터 하우스 느낌이 감돌았다.

우와, 장난 아니네, 갑옷 기사 하나하나에서 강적 오라가 느껴진다고.

……그 광경을 본 나와 아쿠아가 이 안에 들어가는 것을 주저하고 있을 때였다.

"어이, 침입자 중 한 명을 잡아 왔다! 이야기를 들어보니,

쳐들어온 녀석들은 무시무시할 정도로 강한 것 같다. 성을 붕괴시키려고 하는 점으로 볼 때, 정면 대결을 펼쳤다간 마왕님을 지키지 못할 우려가 있다! 그래서 노스가 좋은 작전을 내놨지. ……생포한 여자를 인질로 삼아서 침입자를 일망타진하자는 작전이다!"

""""오오오오오~!""""

이곳에 모인 기사들이 안도의 한숨을 내쉬고 힘차게 고함을 질렀다.

아무래도 메구밍이 벌였던 난동이 마왕군에게 트라우마를 심어준 것 같았다.

……뭐, 무리도 아니다. 안전할 줄 알았던 자신들의 성이 느닷없이 폭격을 당했을 뿐만 아니라, 오랫동안 유지되어 온 결계마저 파괴된 것이다.

게다가 최강의 수호자란 녀석마저 해치운 적들이 당당히 이 성에 쳐들어온 상황이다.

"다행이야……. 이제 살았어……!"

"하지만, 여자를 인질로 삼는 건가……. 우직한 녀석인 줄 알았던 노스가 그런 소리를 하다니……."

"인질을 잡는 건 너무 소인배 같지 않아? 그런 짓을 해도 되는 건, 각 지역의 관리직급 녀석들까지야. 우리는 마왕님의 직속 근위대라고. 정말 이래도 괜찮은 거야?"

마왕군 녀석들이 각자의 생각을 입에 담는 사이, 산양 머리가 이 방의 한가운데로 향했다.

그곳에는 마도구 같은 것이 있었다.

산양 머리는 담뱃갑 크기의 마도구를 향해—.

"나는 마왕성 최상층의 근위대장, 마몬이다! 침입자 중 한 명을 잡았다! 현재 침입자와 교전 중인 부대는 그 자식들에게 이 사실을 알려라! 잡힌 침입자는 아쿠시즈 교의 프리스트이며, 이 녀석의 목숨이 아깝다면 투항하라고 말이다!"

마몬이란 이름의 산양 머리는 그렇게 말하더니 미소를 머금고 자리에 앉았다.

3

아직 연락이 오지 않은 가운데, 이 방에 모인 몬스터들은 긴장감에 사로잡힌 채 대기하고 있었다.

다행히 아쿠아는 얌전히 있었다.

……이 녀석, 방금 하품을 했어.

여차하면 텔레포트로 같이 도망칠 내가 옆에 있어서 안심한 걸까?

그런 긴장감 없는 모습에 어이없어할 때 마몬이 아쿠아에게 물었다.

"어이, 여자. 침입자는 너를 포함해 몇 명이지? 따끔한 맛을 보고 싶지 않다면, 알고 있는 걸 전부 털어놔라. ……특히, 너를 두고 도망갔다는 카즈마란 남자에 관해서 말이다. 그 녀석의 직업은 뭐지? 장비는? 그리고 전투 방식과 과거의 전적, 성격도 말해라. 알고 있는 걸 전부 털어놓으란 말이다."

미츠루기 일행을 잡아 올 때까지 기다리는 동안, 마몬은 아쿠아에게서 나에 관해 알아내려는 것 같았다.

으음, 괜한 소리를 늘어놓다가 우리의 꿍꿍이가 들통나면 곤란한데.

"가르쳐줄 수는 있지만, 목이 마르니까 일단 차 좀 내와 봐."

"이게!"

아쿠아가 억지를 부리자 기사 한 명이 발끈했다.

……하지만 마몬이 손을 들어서 그 기사를 제지했다.

"차 정도는 대접해줘라. 어차피 그게 마지막으로 마시는 차일 테니 말이다. ……가장 좋은 차를 내와라."

마몬이 보스 격의 관록을 풍기면서 기사 한 명에게 차를 내오라고 지시했다.

"……그럼 그 침입자의 숫자, 그리고 카즈마란 녀석의 직업부터 말해봐라. 그 녀석의 직업은 뭐지? 크루세이더냐? 아니면 소드 마스터? 로기아의 몸에 새겨진 상처로 볼 때, 마법사 계열은 아닐 것 같군."

"숫자는……. 나를 포함해 총 여덟 명일 거야. 그리고 카즈마 씨의 직업은 모험가야."

아쿠아가 아무렇지 않게 털어놓은 순간, 이 장소에는 정적이 흘렀다.

잠시 후—.

""""푸핫!""""

나와 아쿠아를 제외한 전원이 웃음을 터뜨렸다.

"모험가! 최약체 직업인 모험가라고?! 거짓말하지 마라. 그런 녀석이 마왕성의 최상층까지 올 수 있을 리가 없다고! 푸하하하하! ……아아, 그래. 그 녀석은 짐꾼이지? 그리고 모든 스킬 포인트를 검술 쪽에 전부 투자한 거겠군!"

이 방 안에 있는 기사들이 폭소를 떠뜨리는 상황에서 마몬이 웃음을 흘리며 그렇게 말하자, 아쿠아는 고개를 저었다.

"아냐. 카즈마 씨는 검을 쓰지만, 마법도 쓸 줄 알아. 주제넘게 회복 마법까지 익혔다니깐. 그리고 텔레포트도 쓸 수 있고, 드레인 터치라는 언데드 스킬, 그것 말고도 별의별 걸 다 쓸 수 있어. ……아, 고마워."

아쿠아가 차를 건네받으면서 고맙다고 말했다.

주위가 정적에 휩싸인 가운데, 아쿠아가 차를 홀짝이는 소리만이 이 방에 울려 퍼졌다.

"저기, 이건 맹물이거든?"

아쿠아가 내민 찻잔 안에는 맹물이 들어있었다.

"어이, 괜히 짓궂은 희롱을 하지 마라! 내 얼굴에 먹칠을 하려는 거냐! 로기아와 페인이 당해서 화난 건 알지만, 이런 한심한 짓거리는 하지 마라!"

마몬이 화를 냈고 기사 한 명이 급히 아쿠아의 찻잔을 건네받았다. 그리고 고개를 갸웃거리면서 새로 차를 준비하러 갔다.

……이 녀석, 차를 맹물로 만들었군. 그만해. 괜히 괴롭히지 마.

마몬이 가볍게 헛기침을 하더니 마음을 가라앉히며 입을 열었다.

"내 부하가 쓸데없는 짓을 했군. 그건 그렇고, 드레인 터치? 그건 언데드만 쓸 수 있는 레어 스킬일 텐데……. 뭐, 좋다. 계속 이야기해봐라. 그 카즈마란 녀석의 장비는 뭐지? 검은 머리카락에 검은 눈인 녀석 중 일부가 가지고 있는, 그런 전설급 장비를 가진 거냐? 그렇다면 로기아와 페인을 해치운 것도 납득이 되지. 그런 녀석이 상대라면, 스틸을 쓸 수 있는 녀석에게 대응을……."

마몬이 생각에 잠기며 그렇게 말하자—.

"카즈마 씨의 장비는 기본적으로 평범해. 싸구려 쇼트 소드 하나로 너희 쪽의 간부와 몇 번이나 싸웠어. 지금은 형태만 비슷하고 괴상한 이름을 붙인 일본도를 주문 제작해서, 해 질 녘에 연습이랍시고 칼을 휘둘러댄다니깐. ……아, 고마워.”

아쿠아는 새 차를 건네받으며 그렇게 말했고 또 방 안은 정적에 휩싸였다.

이 녀석, 내가 연습하는 모습을 훔쳐봤던 거냐.

부탁이니까 남의 부끄러운 과거를 폭로하지 말라고.

—바로 그때, 갑옷 기사 한 명이 중얼거렸다.

“……나, 그 카즈마란 남자에 관한 이야기를 들은 적 있어. ……우리 간부를 차례차례 해치운, 사토 카즈마란 이름의 인간 말종 자식이라던데…….”

그 기사의 말에 이 방의 침묵이 더 깊어졌고 다시 아쿠아가 말했다.

“또 맹물이거든?”

아쿠아가에게 차를 끓여온 기사를 힘차게 던져버린 마몬은 긴장한 표정으로 물었다.

“그, 그 남자는 간부를 해치운 사토 카즈마와 동일 인물이냐?”

“동일 인물 맞아. 너희 간부 중에서 마왕성으로 돌아오지 않은 사람들은 대부분 카즈마 씨와 얽혀서 그렇게 된 거야.

베르디아, 바닐, 한스, 실비아, 월버그, 세레나. 카즈마 씨에게 당한 간부 중에 내가 아는 건 그 정도야."

흥이 난 듯한 아쿠아가 유창한 목소리로 내 전적을 늘어놨다.

"그 외에도…… 옆 나라에서 재상 자리를 차지하고 있던 몬스터도 해치웠어. 그 밖에는…… 아, 기동 요새 디스트로이어를 비롯한 여러 현상금 몬스터 퇴치를 지휘하기도 했어."

이미 방 안은 완전히 침묵에 휩싸였고 아까부터 아쿠아와 마몬의 목소리만 들렸다.

그런 와중에 누군가가 마른 침을 삼키는 소리를 냈다.

그것을 듣고 기사들을 협박하는 것이 즐거워진 아쿠아가 계속 나불거렸다.

"그리고 또 뭐였지? 아, 전투 방식과 성격을 알고 싶댔지? 그 남자는 기본적으로 약아빠졌어. 교활하고 음습할 뿐만 아니라, 머리도 잘 돌아가. 전투가 벌어지면, 일단 정정당당하게 싸우는 경우는 없어. 예를 들자면 먼 곳에서 암시와 천리안으로 너를 계속 감시하다, 저격 스킬로 일격에 해치우려고 할걸? 그 후에는 잠복 스킬로 숨어 있다가 등 뒤에서 기습을 할 거야."

누가 교활하고 음습하다는 거야. 나중에 확 두들겨 패줘야지.

"저격 스킬…… 잠복……."

마몬이 긴장감 넘치는 목소리로 그렇게 중얼거리자 아쿠아는 다시 내온 차를 받고 말했다.

"응. 잠복을 써. 게다가 적 탐지 같은 스킬도 쓸 수 있어서, 숨은 상태에서도 너희의 동향을 파악하거든. ……아, 어쩌면……. 카즈마 씨는 이미 이 방에 있을지도 몰라!!"

""""히이익!!!""""

아쿠아의 위협에 기사들이 비명을 지른 가운데, 나는 마몬을 언제든 공격할 수 있도록 검집을 움켜쥐었다.

그것보다 그렇게 중요한 정보까지 가르쳐주지 마! 적들이 경계하면 어쩌려고 그래!

마몬이 안절부절못하며 주위를 경계하는데 아쿠아는 차를 홀짝인 뒤 중얼거렸다.

"또 맹물이잖아."

"잠깐만 있어 봐! 뭔가 이상하잖아! 나는 분명 차를……, 아, 마몬 님. 아닙니다! 저는 분명 차를 끓여서 가져왔어요!"

자리에서 일어난 마몬이 아쿠아에게 놀림을 당하던 기사에게 제재를 가하려던 바로 그때였다.

"마몬 님, 침입자를 잡았습니다! 그중에는 마검을 지닌 실력자도 있었지만, 파랑 머리 여자를 인질로 잡았다고 말하자마자 저항을 관뒀습니다!"

이 방에 뛰어 들어온 기사 한 명이 보고했다.

주위에 있던 이들이 안도의 한숨을 흘렸다.

방금 갑옷 기사를 두들겨 패려던 마몬 또한 한숨을 내쉬었다.

마몬은 방에 들어온 기사를 향해—.

"좋아, 그 녀석들을 끌고 와라! 음, 정말 잘했다! 그리고 노스! 네 작전이 제대로 먹혔구나! 나중에 상을 주마!"

그렇게 말하더니 산양처럼 생긴 얼굴로 미소를 지었다.

4

갑옷 기사 몇 명이 낯익은 이들을 끌고 왔다.

미츠루기를 필두로 이 성에 침입한 멤버 전원이 이 방으로 끌려왔다.

"아쿠아 님, 무사하셨군요!"

미츠루기가 방 안쪽에서 차를 마시고 있는 아쿠아를 보더니 한숨을 내쉬며 안도했다.

건강해 보이는 아쿠아의 얼굴을 본 다크니스와 메구밍, 융융도 굳어 있던 표정을 풀었다.

미츠루기의 들러리 두 사람은 무기를 쥔 채 딱딱한 표정을 풀지 않았다.

마몬은 미츠루기 일행이 여전히 무기를 쥐고 있다는 점을 눈치채고—.

"어이쿠, 미안하지만 무기를 버려주실까. 사실 그런 소인배 같은 짓은 하고 싶지 않지만, 이 여자한테서 무시무시한 이야기를 들었으니 어쩔 수 없지. 어이, 거기 너! 네가 카즈마란 녀석이지?! 무기를 버리고 이쪽으로 와라!"

마몬은 그렇게 말하고 미츠루기를 손가락으로 가리켰다.

"아니거든?"

아쿠아는 태연하게 차를 홀짝이며 말했다.

"저 사람은 마검을 쓰는 사람이야. 카즈마 씨는 저기 없어."

"뭐?!"

그 말을 듣고 방 안에 있는 기사들이 동요했다.

한숨 돌리던 마몬이 다시 안절부절못하며 주위를 경계했다.

이 중간 보스 같은 산양 머리는 나를 대체 얼마나 두려워하는 걸까.

상대가 지나치게 경계하면 성공률이 낮아지니까 괜한 짓을 하지 말라고 아쿠아에게 미리 말해뒀는데 말이다.

이건 전부 아쿠아가 기고만장해져서 겁을 준 탓이다.

"쳇, 아까 들었던 인원보다 한 명 모자라군. ……좋아. 카즈마란 녀석을 협박할 인질은 이 여자 하나로 충분해! 다른 녀석은 전부 해치워라! 어이, 저항하지 마라. 저항하면 이 녀석을 가만두지 않겠다……!"

"큭……!"

마몬이 조무래기 악역 같은 대사를 늘어놓자 미츠루기가 마치 약속이라도 한 것처럼 분통을 터뜨렸다.

메구밍과 다크니스는 어떻게 할지 생각하고 있는 것 같은데…….

"자, 무기를 버려라! 어이, 저 녀석들을 포위해……!"

……어이쿠, 이대로 있다간 상황이 악화되겠는걸.

나는 걸음을 내디뎌 마몬에게 다가갔다.

"잠깐만요, 마몬 나리! 이대로 그냥 죽여버리면 로기아와 페인이 편히 눈을 못 감을 겁다! 이 일은 저한테 맡겨 주십쇼!"

"으, 음. 그래. 너는 그 두 사람과 친했지. 그럼 너에게 맡기겠다. ……그건 그렇고, 그 말투 좀 어떻게 안 되겠냐?"

마몬이 허락하자 나는 아쿠아의 목에 감긴 밧줄을 잡아당겼다.

빈틈을 봐서 미츠루기 일행의 곁으로 뛰어가라는 신호다.

"이건 이미지 체인지라는 겁다, 나리. ……어이, 이놈들아. 잘 봐라. 내가 쥔 밧줄에 묶인 너희 동료가, 공포에 떨고 있다고!"

"차를 마시고 있는데요."

메구밍의 태클을 듣고 고개를 돌려보니, 목의 밧줄이 성가시다는 듯 밧줄을 한 손으로 쥔 아쿠아가 여전히 의자에 앉아서 차를 마시고 있었다.

이런 상황에서도 분위기 파악을 못 하고 눈치도 없는 이 바보를 확 두들겨 패주고 싶다.

……젠장, 작전을 변경해야겠어.

"어이, 여자 크루세이더!"

"윽?!"

나한테 느닷없이 지명을 당한 다크니스는 대검을 든 채 흠칫했다.

다크니스에게는 미안하지만 우선 이 마몬이라는 보스의 경계심을 느슨하게 만들고 싶다.

"우선 그 무기를 버려주실까. 그러지 않는다면, 차를 홀짝이는 이 여자를 가만두지 않겠다……!"

"……알았다. 어차피 내 공격은 명중할 리가 없으니까. ……자, 이제 됐지?"

다크니스는 내 말에 따라 검을 버렸다.

본인이 말한 것처럼 다크니스가 무기를 버리더라도 전력 저하로 이어지지는 않는다.

그리고 침입자 중 한 명이 순순히 무기를 버려서 마몬을 비롯한 기사들은 아주 약간이지만 긴장을 풀었다.

나는 다른 녀석들에게 무장 해제를 요구하지 않고 그대로 다크니스에게—.

“다음은……. 그래. 그 사악해 보이는 갑옷이 마음에 드는군. 그걸 벗어주실까.”

“뭐?! 이, 이 갑옷은……! 아, 안 된다! 이건, 이 갑옷만큼은……!”

순순히 내 말을 들을 줄 알았는데 다크니스는 뜻밖에도 저항했다.

“갑옷을 못 벗어? 상황 파악이 그렇게 안 되는 거냐? 마왕성에 쳐들어온 여기사가 적에게 잡히면 어떻게 되는지……. 여기사한테 그런 건 기본 상식일 텐데? 자, 이 많은 이들 앞에서 갑옷을 벗어라!”

“뭐……! 뭐라고……!”

““““우와아.””””

다크니스가 볼을 붉히면서 이를 갈고 있을 때 기사들의 질린 듯한 목소리가 들려왔다.

“질렸어. 노스, 너한테는 완전히 질렸다고~.”

“너, 진짜 나쁜 놈이었구나……! 지금까지는 본성을 숨기고 있었던 거냐…….”

“어, 어이, 노스. 아니, 너한테 맡기겠다고 말했다만, 그래도 이건 좀…….”

동료인 기사뿐만 아니라 마몬조차 질렸다는 사실에 약간 충격을 받은 나는 다크니스에게 계속 지시를 내렸다.

“크큭……. 그 갑옷 안에는 농익은 육체가 숨겨져 있겠지……! 자, 동료의 목숨이라는 대의명분이 있으니 빨리 벗어라!”

“대, 대의명분……! 하, 하지만, 나는 어디서 굴러먹던 말뼈다귀인지 모르는 상대에게 길들여질 수는……! 아아…… 나를 휘감는 듯한 네놈의 시선, 그리고 이 거부하기 힘든 감각은 대체 뭐냐……! 네놈은 대체 누구냐! 나의 약점을 절묘하게 노리다니……!”

얼굴이 상기된 다크니스가 갈등에 빠져서 갑옷의 물림쇠를 풀었다.

이윽고 갑옷의 부품이 융단에 떨어지자 다크니스의 새하얀 어깨가 드러났다.

““““오오!!””””

……어이쿠, 마왕군 녀석들과 함께 나까지 환호성을 질렀다.

“나, 나는……! 나는, 이딴 능욕에 굴복하지 않는다!”

얼굴이 벌게진 다크니스가 기대에 찬 눈길로 나를 똑바로 응시하는 가운데, 왠지 메구밍이 차가운 눈길로 나를 쳐다보는 게 매우 신경 쓰였다.

……메구밍이 아무리 감이 좋아도 아직 들키지는 않았겠지?

―바로 그때였다.

"멈춰! 이런 짓은 두고 볼 수 없어! 아무리 마왕군이라도, 너는 기사지? 여성을 상대로 이런 짓을 하는 게 부끄럽지 않은 거냐! 정정당당히 싸우란 말이다!!"

눈치 없는 미츠루기가 이를 악물고 그렇게 외쳤다.

그 말을 듣고 퍼뜩 정신이 든 마몬은 자세를 바로 하며 날카로운 시선을 머금었다.

젠장, 다양한 의미에서 쓸데없는 짓거리를 하네.

미츠루기가 제지하자 주위에서 아쉬운 듯한 한숨이 들려왔다.

……아니, 다크니스도 한숨을 내쉬었어.

—마몬이 한 걸음 앞으로 나섰다.

거대한 도끼를 든 그의 거대한 몸이 내 앞에서 무방비하게 등을 보이고 있었다.

마몬은 탁한 노란색을 띤 산양의 눈을 번들거리며—.

"어이, 노스. 이제 그만해라! 안 그래도 우리는 인질을 잡고 있으니, 더는 그런 짓을 하지 않아도 된다. 자, 저 자식들을 포위해라! 저 남자는 내가 직접 상대하지. 카즈마란 녀석이 없다면, 식은 죽 먹기다!"

마몬은 내뱉듯이 그렇게 외치고 도끼를 양손으로 움켜쥐

었다.

"카즈마? 사토 카즈마 말이냐. 그 녀석보다 내가 강해! 내 이름은 미츠루기 쿄야. 이래 봬도 꽤 이름이 알려진, 소드 마스터 마검사다!"

나를 항상 비겁한 놈으로 치부하는 미츠루기와 대치한 마몬이 자세를 낮췄다.

이 방이 긴장감에 사로잡힌 가운데, 마치 잡담이라도 하듯—.

"흐음. 당신은 그렇게 우리 카즈마가 무서운 건가요?"

지팡이를 들고 적을 위협하던 메구밍이 마몬에게 질문을 던졌다.

"아앙? 살금살금 숨어다니는 그런 비겁자 따위는 하나도 무섭지 않다!"

갑옷의 부품을 주워서 서둘러 착용하던 다크니스가—.

"그 남자를 얕보지 마라. 그 녀석과 얽힌 적은 하나같이 변변찮은 결말을 맞이했지. ……물론, 너도 예외는 아닐 거다."

칭찬하는 건지 헐뜯는 건지 분간이 안 되는 소리를 나를 똑바로 바라보며 말했다.

나도 한마디 하자면, 너와 얽힌 녀석들도 대부분 같은 꼴이었다고.

"시, 시끄러워! 내 이름은 마몬! 마왕님이 계신 곳으로 이어지는, 이 방을 지키는 근위대 대장 마몬 님이다! 나는 정정당당히 싸운다면 간부들에게도 지지 않아! 어디 있는지도 모르는, 그런 남자를 내가 왜 무서워하겠냐!"

마몬의 외침에 호응하듯 기사들이 검을 거머쥐었고 미츠루기 또한 그에 맞춰 마검을 천천히 뽑아 들었다.

언제든 마법을 영창할 수 있도록 등 뒤에서 지팡이를 쥔 융융의 눈이 붉게 빛나고 있었다.

아무래도 다들 전의를 불태우고 있는 것 같았다.

허리에 찬 검에 손을 올린 내가 마몬의 빈틈을 살피고 있을 때—.

"정말이야? 아까 그렇게 벌벌 떨었으면서, 진짜로 카즈마가 무섭지 않은 거야? 어쩌면, 지금 네 바로 옆에 있을지도 모르거든?"

아쿠아는 이 긴박한 분위기 속에서 잡혀 있는데도 불구하고 느긋해 보이는 표정으로, 험악하게 생긴 마몬을 전혀 두려워하지 않고 질문을 던졌다.

……이 녀석은 자기가 위기에 처하더라도 내가 어떻게든

해줄 거라고 생각하는 게 틀림없어.

무사히 액셀 마을로 돌아간다면 이 녀석한테 제대로 한마디 해줘야겠다.

"무섭지 않다고 말했잖아! 어이, 사토 카즈마! 듣고 있냐?! 몰래 숨어 있는 이 비겁한 놈아! 이 층의 어딘가에 숨어 있지?! 내 목소리가 들린다면, 지금 바로 튀어나와서 자기 이름을 밝혀봐라아아아앗!!"

나는 투구를 벗고 마몬의 목덜미에 검을 찔러 넣으면서 이름을 밝혔다.

"처음 뵙겠습니다. 비겁한 놈인 카즈마입니다!"

5

목덜미에 얕게 꽂힌 검을 재빨리 뽑아낸 나는 그대로 마몬과 거리를 벌렸다.

어쌔신 모험가에게 배운 이 스킬, 데들리 백스텝은 상대방에게 들키지 않은 상황에서 배후 공격을 펼치면, 일정 확률로 치명상을 입히는 필살 스킬이다.

사용 조건이 한정되어 있지만 나에게 딱 맞는 스킬이었다.

스킬이 발동된 건지, 아니면 무기에 발라둔 독의 효과인지 마몬은 입을 뻐끔거리며 앞으로 철퍼덕 쓰러졌다.

같은 편인 줄 알았던 기사가 알고 보니 나였다는 사실이 밝혀지자 이 자리에 있는 몬스터들이 난리를 피웠다.

"나……! 나타났다아아아아!"

"마몬 님을 대뜸 죽여버렸어!"

"악랄해! 악랄하기 그지없다고!"

"어?! 잠깐, 어?! 이래도 돼?! 이래도 되는 거냐고! 네가 이러고도 인간이야?!"

기사들은 경계가 풀린 상황에서 느닷없이 적이 나타난 탓에 당황했지만, 마왕의 근위병답게 즉시 대열을 갖추고 나를 향해 세 명 정도 달려들었다.

"『라이트 오브 세이버』!!"

우리와 거리가 먼 입구 쪽의 융융이 특기인 마법을 써서 기사 중 한 명을 베어 넘겼다.

그 뒤를 이어 다크니스가 공격을 맞는 것을 개의치 않고 우리를 향해 곧장 돌진했다.

그 다음 미츠루기 일행이 몰려들더니 이 방에서 난전이 펼쳐졌다.

"이 남자는 위험해! 포위한 후에 단숨에 죽여버려!"

나를 막아선 기사가 방심하지 않고 전투태세를 취한 가운데, 다른 두 명도 아무 말 없이 고개를 끄덕였다.

나는 눈앞에 있는 셋을 검 끝으로 겨누고 말했다.

"큭, 1대 3으로 싸우려는 거냐. 이 기사도 같은 건 내다버린 비열한 놈들……. 마왕의 근위병이란 놈들이 부끄럽지도 않은 거냐!"

"뭐……?! 너너, 너 따위가 그런 소리를 늘어놓지 마라! 동료인 여자의 갑옷을 홀랑 벗기고, 마몬 님을 등 뒤에서 기습해 해치운 너 따위가 말이다!"

"이, 이 자식, 자기는 그런 짓을 해놓고 뻔뻔하게……!"

"어이, 이제 됐다. 더는 이 남자의 페이스에 휘말리지……."

기사들이 항의하면서 빈틈을 보인 바로 그 순간이었다.

"『바인드』!!"

"읏?! 어, 잠깐!!"

무슨 말을 하려던 기사 중 한 명에게 기습적으로 바인드를 시전하자, 내가 쥐고 있던 튼튼한 밧줄이 살아있는 생물처럼 그 기사를 휘감았다!

"아야야야야얏! 잠깐, 카즈마! 아프단 말이야!"

……그 밧줄의 끝이 목에 감겨 있던 아쿠아도 같이 칭칭 휘감아버리면서.

"크윽, 젠장! 마몬 님을 암습했을 뿐만 아니라, 동료가 어떻게 되든 안중에도 없는 쓰레기일 줄이야……! 빌어먹을, 방심했어! 어이, 도와줘!"

쓰레기란 말은 너무하다는 생각이 들었지만 밧줄 끝이 아쿠아의 목에 매여 있다는 것을 깜빡했던 만큼 반박을 할 수 없었다.

"카즈마 씨~! 카즈마 씨~!! 이 사람의 갑옷이 너무 단단해서 아프거든요?! 내 마법으로 바인드를 풀어도 돼?!"
"조금만 참아! 지금 이 두 사람을 정리할게!"
나는 아쿠아를 향해 그렇게 말하면서 빈틈없이 전투태세를 취하고 있는 두 기사를 향해 돌아섰다.
그런 나를 본 두 기사는 자세를 낮추더니—.
"이 쓰레기, 괴상한 소리를 늘어놓으면서도 순식간에 한 명을 무력화시켰어. 방심하지 마라. 하나, 둘, 셋에 동시에 공격하는 거다."
"좋아. 하나, 둘, 셋이지?"
두 기사가 내 눈앞에서 타이밍을 재고 있을 때 나는 기사 한 명의 목소리를 흉내 내며—.
"아냐. 그냥, 하나, 둘! 에 하자. 아니면 열까지 센 다음에……."
"뭐? 뭐?! 어느 쪽으로 할 거야?"
"어이, 그만해! 내 목소리를 흉내 내지 마!"
한쪽 목소리를 흉내 내서 방해하고 있을 때 먼 곳에서 경고의 목소리가 들려왔다.
"크루세이더가 그쪽으로 갔다!!"
그 목소리를 들은 눈앞의 두 기사가 옆을 힐끔 쳐다봤다.
"우왓?!"
"저, 저게 뭐야~?!"
검에 베여도, 두들겨 맞아도 개의치 않고—.

"마, 막아라! 저쪽으로 가게 두면 안 돼! 막아~!!"

"이 녀석, 멈추지를 않아! 아무리 베도 태연한 얼굴로……!"

절대 보내줄 수 없다는 듯이 허리를 부여잡고 버티는 두 기사를 질질 끌면서 다크니스는 나와 아쿠아에게 접근했다.

다크니스는 우리 곁에 도달한 뒤 자신의 허리를 잡은 두 기사를 떼어내려 했지만—.

"카즈마, 아쿠아, 도와주러 왔다! 도와주러……, 큭, 어, 어이, 카즈마! 좀 도와다오! 이 녀석들이 나를……!"

"너 대체 무슨 생각으로 적을 둘이나 더 데리고 온 거야?! 2대 4가 됐잖아!"

다크니스를 잡고 있던 기사 둘은 일단 떨어졌고, 다른 두 기사와 연계해서 나와 다크니스를 포위했다.

—바로 그때, 의기양양한 목소리가 들렸다.

"후훗, 그럼 3대 4면 어때?"

내 바인드를 푼 아쿠아가 으스대며 우리 옆에 섰다.

그렇다. 내 스킬을 해제했다는 건, 그녀와 같이 묶여 있던 기사도 자유로워졌다는 것을 의미했다…….

"저, 저기, 카즈마! 갑자기 형세가 단숨에 불리해진 것 같은데, 내 기분 탓일까?!"

"아무짝에도 쓸모없는 크루세이더와 프리스트를 데리고,

어떻게 다섯 명이나 상대하라는 거냐고! 너희들, 바보지?!"

이런 소리를 하는 사이, 다섯 명의 기사가 검으로 나만 겨눴다.

아까 협박이 먹힌 건지 우선 나부터 해치울 심산인 것 같았다.

큰일 났다. 마왕군의 정예들이 한꺼번에 달려들면 우리는 모두 당할 거라고!

내가 다크니스의 등 뒤에 숨으려고 한 순간, 기사들이 일제히 쇄도했다.

"『디코이』!"

기사들의 검 끝이 갑자기 다크니스를 향했다.

검이 다크니스의 갑옷을 긁고, 다크니스의 볼에 얕은 상처를 남기는 것과 동시에 금발 몇 올이 허공에 흩날렸다.

나를 노리던 기사들은 다크니스를 공격했다는 사실에 당황했다.

"내, 내가 미끼 스킬의 영향을 받다니……!"

"젠장, 이 크루세이더는 내 가학성을 자극해……! 검으로 찌를 수밖에 없다고 할까……!!"

기사들이 자신들의 행동 때문에 당황하고 있을 때 다수의 기사에게 공격을 받고 얼굴을 붉힌 변태가 하악하악 거리며 입을 열었다.

"큭, 역시 마왕군의 정예답게 날카로운 찌르기였다……!

하지만 너희의 공격은 전부 내가 받아주마! 자, 네놈들의 거칠고 격렬한 공격을, 전부 나에게 퍼부어봐라! 빨리! 빨리 찔러보란 말이다!"

다크니스의 도발을 함정이라고 여긴 기사들은 경계심을 품고 뒷걸음질 쳤다.

바로 그때, 다섯 기사 중 한 명이 그 자리에서 풀썩 쓰러졌다.

"아쿠아 님, 무사하십니까!"

미츠루기의 목소리가 들려온 곳을 쳐다보니, 우리를 둘러싼 기사 이외에는 전부 쓰러져 있었다.

기사 중 한 명이 갑작스럽게 난입한 미츠루기를 향해 돌아서서 그대로 공격을 날렸지만—.

"윽?! 아니……, 내, 내 요도가……?!"

"이 마검은 여신님께서 내려주신 전설의 무기다. 이 검으로는 무엇이든 벨 수 있지."

미츠루기는 마검으로 상대의 칼을 잘라버린 후 그대로 기사를 베어 넘겼다.

"이 남자는 저 쓰레기보다 훨씬 위험해! 이 녀석을 먼저 죽여야…… 아아앗?!"

말을 이으려던 기사가 미츠루기의 검에 베여서 쓰러졌다.

그 광경을 본 두 기사가 일제히 미츠루기에게 달려 들었지만—.

“『룬 오브 세이버』!”

마검을 쥔 미츠루기가 검을 수평으로 휘둘러서 그 둘을 한꺼번에 베어 넘겼다.

“저 남자가 또 쓸데없는 짓을…….”

보호를 받은 다크니스는 아쉬움이 묻어나는 목소리로 그렇게 중얼거렸다.

……역시, 저 녀석의 마검은 진짜 사기야.

나 말고 다른 일본인들은 하나같이 저런 수준의 치트를 받은 거냐.

검을 휘둘러 피를 털어낸 미츠루기가 아쿠아에게 다가가서 그녀의 손을 잡았다.

“아쿠아 님, 다치신 곳은 없습니까?”

“나는 괜찮아. 그것보다 다크니스의 상처를 치료해야 하니까…….”

손을 잡힌 아쿠아가 난처하다는 눈길로 미츠루기의 얼굴을 지그시 쳐다보았다.

“아, 죄, 죄송합니다!”

“……저기 말이야. 이렇게 함부로 성희롱을 하다간, 우리 카즈마 씨처럼 되어버릴걸?”

“인마, 두들겨 맞고 싶냐?”

아쿠아에게 주의를 듣고 허둥지둥 손을 놓은 미츠루기에게—.

"그건 그렇고, 너는 이렇게 강했구나. 그냥 혼자서 마왕을 해치우라고."

나는 주위를 둘러보며 그렇게 말했다.

—주위에는 마몬과 기사들의 시체가 굴러다니고 있었다.

이들 중 대부분을 미츠루기가 해치운 건가…….

"너는 나보다 훨씬 대단한 치트를 받았잖아."

미츠루기는 마검을 검집에 집어넣으면서 아쿠아를 힐끔 쳐다보았다.

……대단한 치트.

내가 별생각 없이 그 치트를 쳐다보자, 방금 대화를 들은 듯한 아쿠아가 다크니스의 상처를 치유해주면서 거북한 표정으로 고개를 돌렸다.

메구밍과 융융이 안도한 표정으로 다가오는 사이, 나는 이 방 안쪽에 있는 거대한 문을 신경 썼다.

그러고 보니 마몬이 아까 말했다.

이 방은 마왕님이 있는 곳으로 이어져 있다고 말이다.

기사들이 모여 있던 이 장소는 침입자를 맞아 싸우기 위한 최종 방어선인 걸까.

나와 아쿠아는 꼼수로 이곳까지 쉽게 왔지만 이 문 너머에는 분명 그자가 있을 것이다.

상대방은 이곳에서 전투를 벌인 우리의 존재를 눈치채고

있으리라.

나는 전원이 모인 것을 확인하고 입을 열었다.

"자, 아쿠아를 찾는다는 목적은 이걸로 달성했어. 이제 나와 융융의 텔레포트로 돌아가기만 하면 되는데……."

내 말을 들은 미츠루기가 어처구니 없다는 표정으로 고개를 저었다.

"너 지금 이 상황에서 무슨 소리를 하는 거야? 저 문 너머에 마왕이 있어. 코앞에 인류의 적인 마왕이 있단 말이다. 대부분의 마왕군이 왕도로 향한 이런 기회는 두 번 다시 찾아오지 않을 거야. 인류와 마왕군의 싸움에, 우리가 종지부를 찍는 거라고."

……하지만 마왕군의 본대를 이끄는 마왕의 딸은 대체 어쩔 건데?

마왕을 쓰러뜨리더라도 그 녀석이 뒤를 이으면 그만일 것 같은데…….

"아얏! 아야야야야, 아쁘거든요……?! 저기, 왜 둘 다 내 볼을 꼬집는 거야? 감동의 재회를 할 타이밍이니까, 포옹을 나누며 서로가 무사한지 확인해야 하는 상황 아냐?! 아, 아야얏! 아쁘단 마리야!"

아쿠아의 비명을 듣고 쳐다보니 다크니스와 메구밍이 중간에 있는 아쿠아의 볼을 아무 말 없이 꼬집고 있었다.

즐거워 보이는 아쿠아를 상냥한 심정으로 지켜보며—.

"잘 들어. 사실 이 성의 결계는 메구밍이 마법으로 박살냈어. 그 덕분에, 이제는 언제든 마왕성에 쳐들어올 수 있다고. 뒷일은 이 나라의 기사단이나 치트 보유자들, 아니면 홍마족에게 맡겨두자."

내가 느긋한 어조로 그렇게 말하자 융융이 화들짝 놀랐다.

"결계를 파괴한 거예요? 홍마족이 떼로 달려들었는데도 해제하지 못했던 그 결계를, 메구밍이 혼자서?"

"그래~. 너희가 성에 침입한 동안, 성이 몇 번이나 폭발에 휩싸였지? 그건 메구밍이 마나타이트를 이용해 폭렬마법을 연달아 날려서……."

"카, 카즈마! 그 이야기는……!"

메구밍이 허둥지둥 내 말을 막았다.

……앗!

"그, 그건 마왕이 성의 밖에서 마법을 쏜 게 아니라, 메구밍이……. 메구밍이, 저희가 안에 있는데도 불구하고, 마법을 난사해댄 건가요……?!"

융융이 울상을 짓고 부들부들 떨었다.

아차, 그러고 보니 이 녀석들에게는 아직 말 안했지.

"너무해! 마왕과 함께 우리까지 생매장하려고 하다니, 그러고도 네가 친구야?!"

"아, 아니에요! 그때는 선물을 받기도 했고, 그 후에 벌어진 이런저런 상황 때문에 흥분한 나머지……!"

"저기, 다크니스! 머리를 쓰다듬는 건 괜찮거든?! 진짜 괜찮거든?! 그런데 갑옷 토시를 낀 손으로 그러면 아프거든?! 멋대로 가출한 건 진짜로 잘못했다고 생각하거든?! 그러니까 이제 그만 용서해주면 안 돼?!"

마왕의 방 앞에서 우리 넷이 이 자리에 어울리지 않는 분위기를 자아내자, 미츠루기의 동료인 여자 창잡이가 지친 것처럼 풀썩 주저앉았다.

"저기, 그럼 결국 어떻게 할 거야? 저 문 너머로 들어갈 거야? 나야 뭐, 쿄야가 간다면 어디든 따라갈 거지만 말이야."

그 뒤를 이어 여자 도적이 미츠루기의 옆으로 다가서더니—.

"나도 쿄야를 위해 여기까지 왔는걸. 죽을 때는 같이 죽자, 쿄야. 당신이 간다면, 그 어디든지……."

최후의 싸움을 앞둔 동료들 같은, 그런 멋진 대사를 읊었다.

……좋겠다.

치트로 받은 마검도 그렇고, 저 분위기도 그렇고, 미츠루기가 정말 부럽다.

내 동료들은 여전히 왁자지껄 떠들어대고 있어서 색기나 긴장감은 눈곱만큼도 느껴지지 않았다.

메구밍은 융융과 드잡이를 시작했고 다크니스는 아쿠아를 마구 주물러대고 있었다.

나와 미츠루기는 대체 왜 이렇게 차이가 나는 걸까.

"아쿠아 님은 어쩌면 좋을 것 같습니까?"

미츠루기는 다크니스에게 관자놀이를 집중 공격 당하고 있는 아쿠아에게 물었다.

"나? ……글쎄, 손쉽게 마왕을 해치울 수 있다면 그러고 싶지만, 이렇게 다른 애들과 만나니까……. 그게, 긴장감이 풀렸다고 할까……."

아쿠아는 거의 들리지 않을 만큼 작은 목소리로 마지막 부분을 중얼거렸다.

……오호라, 마왕의 코앞까지 와서 겁먹은 건가.

그래도 심정은 이해한다. 나도 지금 바로 돌아가고 싶다.

"그럼 돌아가자. 준비와 계획을 철저히 세운 후에 다시 습격하면 되잖아. 결계는 파괴됐으니까, 성밖에 텔레포트 전송 장소를 등록해둔 후에 메구밍에게 매일 폭렬마법을 날리게 한다거나……."

"잠깐만, 사토 카즈마. 성의 결계가 파괴됐다면, 마왕이 이곳에 머무를 이유가 없어. 새로운 결계를 만들 간부가 모일 때까지, 던전에 숨어서 왕국군과 모험가를 상대할 가능성도 있지. 그러니 이 기회를 놓칠 수는 없어."

내가 결론을 내리려 할 때 미츠루기가 반대 의견을 내놨다.

미츠루기는 좌우에 있는 두 사람의 머리를 가볍게 쓰다듬어주며 자신에게서 떨어지게 했다.

……옛날에 내가 다크니스의 머리를 쓰다듬어주고 미소를 지었더니, 그녀는 남의 머리 모양을 엉망으로 만들어놓고

뭘 실실 거리냐며 화를 냈다. 대체 왜 이렇게 차이가 나는 걸까.

내가 그런 생각을 하면서 다크니스를 쳐다봤는데 그녀와 시선이 마주쳤다.

“어이, 카즈마. 아쿠아한테는 따끔한 맛을 충분히 보여줬으니, 다음은 네 차례다! 네놈, 남들 앞에서 나한테 그런 굴욕을 안겨줘?! 그리고 하나도 안 어울리는 그 갑옷은 뭐냐! 빨리 벗어라!”

“어? 하지만 그러는 너도 약간은 기대했잖아. ……아야야야야얏! 어이, 그만해! 내가 잘못했어! 갑옷 입은 사람한테 관절기 걸지 마! 온몸이 으스러지는 것 같다고!”

다크니스한테 관절기를 당한 나를, 미츠루기는 진지하기 그지없는 표정으로 쳐다보며 이렇게 말했다.

“너는 아쿠아 님을 이 세상으로 끌고 온 장본인이지? 그런 네가 마왕 토벌을 포기하는 거야? 원래라면 목숨을 걸고 마왕을 쓰러뜨려서, 아쿠아 님을 천계로 돌려 보내드려야 하지 않아? 그게 네 소임일 텐데?”

미츠루기는 아쿠아에 버금갈 정도로 눈치가 없지만 방금 한 말에는 대꾸조차 할 수 없다.

확실히 내가 이 세상에 아쿠아를 데려 왔기 때문에, 즉시 전력인 일본인이 이 세상으로 오지 않게 된 것이니까…….

미츠루기는 눈을 약간 내리깔고 나에게만 들리는 목소리

로 이렇게 중얼거렸다.

(게다가 네가 이 모양이면 내가 사모하는 분을 맡길 수 없어…….)

아마 그것은 미츠루기 본인에게 있어 매우 중요한 이야기일 것이다.

나는 미츠루기에게만 들리도록 말했다.

(너, 여자 취향이 진짜 고약하구나.)

……항상 쿨한 척하는 미츠루기가 웬일로 내 멱살을 잡길래 나는 드레인 터치로 저항했다.

"젠장, 너란 녀석은 끝까지 이 모양이네! 함께 마왕을 쓰러뜨린다면 우정이 생겨서 화해할 수 있을 거라고 생각했는데! 어, 어이, 이 스킬은 뭐지?! 왜, 왠지 힘이……."

"동성 친구라면 차고 넘쳐. 액셀에 잔뜩 있다고! 너 같은 녀석과 같이 있다간 내가 들러리처럼 보일 테니까, 빨리 떨어져!"

……달려든 미츠루기에게서 텔레포트에 필요한 마력을 보충하고 있을 때, 어찌 된 건지 아쿠아가 안절부절못하며 우리 둘 사이에 끼어들었다.

"저기 말이야. 나는 이곳에 온 후로 하루하루가 즐거웠어. 그래서 카즈마가 나를 끌고 온 건 딱히 개의치 않아."

약간 초조한 듯한, 그리고 본심을 숨기는 듯한 표정을 지은 아쿠아가 그렇게 말했으나—.

"그럼, 어째서 액셀 마을을 떠난 겁니까?"

미츠루기의 그 말에 그녀는 난처한 표정을 지었다.

그리고 한순간 쓸쓸한 표정을 짓더니 미안해하는 표정으로 나를 쳐다보며—.

"가출한 사람의 심정을 맛보고 싶었을 뿐이야……."

그렇게 마음에도 없는 말을 입에 담았다.

"……저기, 그러니까 말이야. 나의 고마움을 잊은 사람들에게 따끔한 맛을 보여주고 싶은 마음에 여행을 떠난 거야. 아, 맞다. 마을 사람들이 뭐래? 다들 나를 걱정했어?"

평소보다 높은 텐션과 흥으로 아쿠아는 메구밍 일행에게 물었다.

"엄청나게 걱정하더라니까요. 액셀 마을에서 1년 넘게 살았으면서 여전히 미아가 되는 아쿠아가, 혼자 여행을 할 수 있을 리 없다면서 말이에요."

"우리가 여행을 떠나기 전, 마을의 모험가들이 아쿠아를 무사히 데리고 돌아오라며 카즈마에게 스킬을 가르쳐줬지. 마왕군의 액셀 습격 계획만 아니었다면, 더 많은 모험가가 우리와 함께 왔을 거다."

"호오, 이런 걸 츤데레라고 하는 걸까. 다들 평소에는 퉁명하게 굴면서 말이야. ……어쩔 수 없네! 카즈마, 돌아가자!"

아쿠아는 활기찬 목소리로 그렇게 말하고 나를 돌아보며 미소 지었다.

항상 바보처럼 밝고 어리바리하던 아쿠아의 미소에는 아주 약간…….

오랫동안 같이 지낸 나만 알 수 있을 정도의 희미한 그늘이 드리워져 있었다.

"……알았습니다. 아쿠아 님께서 정 그렇게 말씀하신다면, 이번에는……."

그 그늘을 눈치채지 못한 미츠루기가 그렇게 말하자 들러리 두 사람이 안도의 한숨을 내쉬었다.

그 말을 들은 융융은 텔레포트를 펼치기 위해 지팡이를 꺼내들었고…….

"……내가 여기까지 오는데, 돈이 얼마나 들었는지 알아?"

나는 돌아가려 하는 이들의 등을 쳐다보고 그렇게 말했다.

그 말을 들은 메구밍과 다크니스는 내가 이런 소리를 할 줄 알았다는 듯이, 미소를 머금고 나를 돌아보았다.

어이, 그만해. 츤데레를 보는 눈길로 나를 쳐다보며 히죽거리지 마.

이건 아쿠아를 위한 게 아냐. 나한테는 마왕을 쓰러뜨려야만 하는 이유가 있다고!

"나는 말이지. 이번에 거의 전 재산을 마나타이트를 사는 데 써서, 무일푼이 됐거든."

우리는 오랫동안 함께 해왔다.
그러니 괜한 말을 늘어놓을 필요 없이 이 짧은 말로 충분했다.

"마왕에게는 상금이 대체 얼마나 걸려 있을까?"

제3장 이 성기사에게 갈채를!

1

마왕의 방으로 이어지는 문 앞에 검을 뽑아든 다크니스가 당당히 섰다.

그 뒤에는 미츠루기가…….

그리고 창잡이, 여자 도적, 융융, 아쿠아, 메구밍 순서로 섰다.

—우선 다크니스가 방에 먼저 돌입한 다음, 미끼 스킬로 마왕과 측근의 공격을 받아낸다.

다크니스가 그들의 공격을 견디는 동안, 미츠루기와 융융이 주력이 되어 적을 해치운다.

창잡이는 유격대로서 가까운 곳에 있는 적을 공격하고 여자 도적은 다른 이들을 지원한다.

부상을 당한 자에게는 아쿠아가 후방에서 회복 마법을 걸어주고, 오늘 거의 한계에 도달할 정도로 마법을 날려댄 메구밍은 비장의 카드가 되어달라는 내 설득에 따라 제일 뒤에서 대기한다.

마왕이 너무 강해서 다크니스도 공격을 버텨낼 수 없다고 판단되면 나와 융융의 텔레포트로 도주한다.

다크니스가 적의 공격을 견뎌내고 미츠루기와 융융만으로 마왕을 쓰러뜨릴 수 있다면 그걸로 좋다.

만약 전투가 길어질 것 같으면—.

"너는 정말 약아빠진 놈이구나. 나와 승부했을 때도 그렇고, 아까 전의 기습도 그렇고, 정정당당히 싸우는 걸 질색하는 거야? 이곳저곳에서 나한테 이겼다고 떠들어대는 것 같던데, 그런 녀석이 이렇게 한심한 방식으로 싸워서는 곤란해……."

나는 미츠루기에게 비난을 받으면서 문 뒤편에 찰싹 달라붙었다.

"약은 게 아니라 신중하다고 말해줬으면 좋겠는걸. ……게다가, 비겁자라는 오명을 짊어지는 한이 있더라도, 절대 져서는 안 되는 싸움이라는 게 존재하거든. 예를 들자면 이제부터 시작될, 인류의 운명이 걸린 최종 결전 같은 것 말이야……!"

나는 방금까지 걸치고 있던 무겁고 움직이는데 방해되는 갑옷을 벗었다.

허리에 차고 있던 마법검을 뽑아 들고 괴상한 이름이 붙은 애도와 활을 등에 멨다.

—만약 전투가 길어질 것 같으면 다른 이들이 미리 돌입해서 마왕과 싸우는 사이에, 내가 잠복 스킬로 몸을 숨긴 채 약간 시간을 두고 침입한다.

그리고 마왕의 빈틈을 찔러 아까처럼 백스텝을 먹여주는 것이다.

"……저기, 재는 저렇게 말하지만 평소에도 항상 약아빠진 식으로 싸웠잖아."

"쉿~! 조용히 해요, 아쿠아. 마왕과의 전투를 앞두고 무게를 잡는 거라고요."

"음, 저 녀석이 삐치면 어쩌려고 그러는 거냐. 우리를 내버려 두고 혼자서 텔레포트로 돌아갈지도 모른다."

내 뒤편에서 그런 목소리가 들렸다.

확 진짜로 혼자 돌아갈지 고민하고 있을 때였다.

"다들, 내 말 좀 들어줘."

무슨 생각인 건지 미츠루기가 문 앞에서 뒤돌아섰다.

"……다들, 이제까지 함께해줘서 고마워. 이제부터 시작되는 건, 인류의 운명이 걸린 싸움……."

미츠루기가 그런 연설을 시작한 가운데, 아쿠아가 내 소매를 잡아당겼다.

"카즈마 씨, 카즈마 씨. 진짜로 할 거야? 우리도 꽤 강해졌으니까, 돈 같은 건 이제부터 적당히 벌면 되지 않아? 마왕을 해치워서 일확천금 같은 건 신중하고 겁 많은 카즈마 씨답지 않거든?"

바보 취급하는 건지 물어보고 싶은 발언이지만 아쿠아의 표정은 진지할 뿐 아니라 불안이 어려 있었다.

"……애초에 마왕을 해치우자는 말을 꺼낸 게 누군데? 저택에 돌아가면 너한테 할 말이 많다고."

그래. 아까 단 둘이 있을 때는 그냥 넘어갔지만 집으로 돌아가면 엉엉 울 때까지 설교를 해주겠어.

"너한테도 천계로 돌아가고 싶다는 생각이 있긴 하지? 그럼 마왕을 해치워서 언제든지 돌아갈 수 있게 해두고, 앞으로도 즐겁게 여기서 지내면 돼. 지금 무리하게 허세 부리며 센 척하는 건 사망 플래그니까, 신중하게 행동하자. 특히 너는 플래그성 발언이나 행동을 자주하잖아. 그러니까 주의해."

아쿠아가 혼자 여행을 떠난 날 밤, 그녀가 했던 말이 내 뇌리를 스쳤다.

"저기, 카즈마. 나는 정말 괜찮아. 정말 괜찮으니까, 돌아가자. 젤 킹도 보고 싶고, 돌아가서 맛있는 술이라도 마시며 남들의 설교를 한 귀로 흘려들을래. 그러니까…… 저기, 그냥 돌아가자. 응?"

남의 설교는 한 귀로 흘리지 말라는 소리가 하고 싶지만—.

『……돌아가고 싶어…………』

아쿠아가 무릎을 감싸 안은 채 달을 올려다보며 중얼거린 그때의 말을 잊을 수 없다.

"시끄러워! 네가 괜찮더라도 내가 괜찮지 않다고! 언제든 천계로 반품할 수 있게 해두지 않았다간, 여차할 때 곤란하잖아!"

"반품?! 말이 심하잖아, 이 츤데레 백수야! 이럴 때는 좀 솔직해지란 말이야!"

내 목을 조르려 하는 아쿠아를 밀어내는 동안에도 미츠루기와 들러리 두 명이 멋대로 떠들어대고 있었다.

"피오, 클레메아. 마음을 편하게 먹어도 돼. 설령 지더라도, 더욱 강해진 후에 다시 이 자리에 오자. 너희가 제자리걸음하는 실력 때문에 고민하고 있는 건 알아. 너희가 나를 따라잡으려고 노력해줘서, 곳곳을 돌아다니며 레벨을 올려줘서……. 끝까지 나를 따라와 줘서 고마워. ……마왕을 쓰러뜨리고 다 함께 돌아가자!"

……아무래도 미츠루기의 연설이 끝난 것 같다.

무슨 이야기를 한 건지 모르지만 창잡이와 여자 도적이

감격한 표정으로 울먹이며 고개를 끄덕였다.

그러고 보니 저 두 사람 중 누가 피오이고, 누가 클레메아인 걸까.

지금은 그런 것보다—.

"어이, 아쿠아. 작전은 이해하고 있지? 만약 누군가가 죽으면 그 순간 작전은 중지야. 시체를 회수해서 바로 텔레포트하자. 본능에 따라 죽은 사람을 소생시키려고 넙죽넙죽 다가가지 마. 소생시키는 사이에 공격을 당하면 그대로 끝이잖아. 텔레포트로 돌아간 후에 소생시키는 거야. 알았지? 네가 당하면 그걸로 끝이라고."

그렇다. 이 녀석만 살아있으면 최악이라도 어떻게든 된다.

문제는 부상자나 시체를 보면 아무 생각 없이 회복시키려고 하는 이 녀석이, 내 말을 제대로 따르냐는 건데…….

"똑같은 말 반복 안 해도 이미 알아들었거든? 나를 믿어. ……하지만 카즈마. 나, 왠지 불길한 예감이 들어. 평소처럼 카즈마가 픽 죽어버릴 때를 넘어서는, 그야말로 돌이킬 수 없는 수준의 불길한 예감이……."

"입 다물어, 이 멍청아! 너는 왜 사망 플래그를 만드는 걸 좋아하는 거냐고! 잘 들어! 이럴 때만이라도 내 말을 들어. 우리 중 누군가가 죽더라도 절대 앞으로 나서지 마. 너는 안전한 장소에서 지원만 해. 너만 살아있으면, 그리고 시체를 회수하기만 하면 어떻게든 된다고. 알았지?"

내가 다짐을 받듯 그렇게 말하자 아쿠아는 고개를 끄덕였다.

아무리 눈치 없는 이 녀석이라도 이만큼 말해두면 알아들었을 것이다.

"아무래도 이야기가 끝난 것 같군요. ……그럼 여러분에게 드릴 게 있어요. 우선 카즈마, 만약에 대비해 일부만 돌려드릴게요."

그렇게 말한 메구밍은 소중히 짊어지고 있던 배낭에서 마나타이트를 꺼내 마법을 쓸 수 있는 이들에게 나눠줬다.

메구밍은 우선 나에게 마나타이트를 다섯 개 줬다.

그 후 융융에게 배낭에서 꺼낸 돌을 하나만 주려고—.

"와아…… 엄청나게 큰 마나타이트네……! 이런 걸 받아도 괜찮…… 저기, 메구밍. 저, 저기? 저기 말이야! 줄 거면 순순히 내놔!"

메구밍은 내민 마나타이트에서 좀처럼 손을 떼지 못했다.

"이건 제가 카즈마한테 받은 소중한 것이에요. 소중히 써주세요. 진짜로 여차할 때만 쓰는 거예요. 다른 누가 아닌, 바로 제가! 받은 것이니까요!"

"알았어. 선물을 받아서 기쁜 건 알겠으니까, 그렇게 자랑하지 마! 네 말대로 소중히 쓸게!"

마나타이트를 받은 융융이 눈을 반짝이며 그것을 보았다.

그런 모습을 본 아쿠아가 기대에 찬 표정으로—.

"저기, 메구밍. 나는 안 줄 거야?"

"아쿠아는 필요 없잖아요? 오랫동안 함께 다녔지만, 당신의 마력이 바닥나는 모습은 본 적이 없…… 앗, 뭐하는 것이냐! 이건 소중한 물건이에요! 그리고 아쿠아는 마나타이트를 받아봤자 안 써먹고 놔뒀다가 나중에 팔 거잖아요!"

두 사람이 마나타이트 쟁탈전을 시작한 가운데, 나는 건네받은 돌을 품속에 넣은 후 다시 문 뒤편에 대기했다.

적 탐지 스킬을 써보니 문 너머에서 어마어마하게 위험한 기운이 느껴졌다.

……오호라. 마왕이 부하를 강화시킬 수 있다면 모든 부하를 곁에 두면 될 거라고 생각했는데, 우선 마왕의 방을 가득 채우고 남은 부하들을 이 방에 배치해둔 건가.

……내 옆에 선 다크니스는 이런 상황인데도 불구하고 슬며시 미소 지었다.

"어이, 카즈마. 내가 네 파티에 들어가려고 찾아갔을 때의 일을 기억하느냐? 너는 그때 나한테 이런 말을 했지. 「나와 아쿠아는 이래 봬도 진짜로 마왕을 쓰러뜨릴 생각이야」라고 말이다. 그 말이 이렇게 현실이 될 줄이야……."

……그런 옛날 일을 용케 기억하네.

"관둬. 이럴 때 옛날이야기를 하는 건 사망 플래그라고. 내가 의욕이 날 만한 즐거운 이야기를 하란 말이야. 예를 들어 내가 마왕을 해치운다면, 용사의 피를 많이 남길 수 있도록 일부다처제가 허락된다든가."

"너, 너란 녀석은 이럴 때까지, 정말……. 아니, 그편이 너다울지도 모르겠구나. ……잠깐만 네가 마왕을 쓰러뜨린다면? 마왕을 쓰러뜨…… 윽!"

쓴웃음을 짓고 있던 다크니스는 갑자기 뭔가가 생각났는지 화들짝 놀랐다.

"아아아아앗?! 어이, 카즈마! 그때 그 반지는 가지고 있지?! 옛날에 네가 성에 숨어들어 아이리스 님에게서 훔친 그 반지 말이다!"

어?!

"어이, 그만해. 이 자리에는 미츠루기가 있다고! 왜 이제와서 그런 아무래도 상관없는 이야기를 꺼내는 거야!"

"저, 저기, 방금 충격적인 말이 들린 것 같은데……. 성에 숨어들어 아이리스 님에게서 뭔가를 훔쳤다, 고……."

대화가 다 들린 건지 다크니스의 뒤편에서 돌입 준비를 하고 있던 미츠루기가 할 말이 있는 표정을 지었다.

"지금 중요한 건 그게 아니다! 그것보다 반지다! 잃어버리진 않았겠지?!"

"잘 가지고 있어! 그건 저택의 내 방에, 소중한 음란 서적과 함께 보관해뒀다고."

그것도 그럴 것이, 여동생의 소중한 반지니까. 만일의 경우에도 잃어버리지 않도록 귀중품 상자에 넣어뒀다.

"으윽……! 왕가의 반자를 음란 서적과 같이 두지 마라!

잘 들어라! 마왕의 숨통을 끊는 역할은 다른 사람에게 양보해라! ……아, 미츠루기가 마왕을 쓰러뜨리는 것도 문제가 될 텐데……. 이익, 마왕의 숨통은 내가 끊겠다!"

"갑자기 왜 그러는 거야! 그렇게 공적을 쌓고 싶어?! 이 녀석, 평소에는 돈에 흥미가 없는 척했으면서 드디어 욕심을 드러내는 거냐, 이 가난뱅이 귀족아!"

"그런 한심한 이유로 이러는 게 아니다! 너와 미츠루기 말고 그 누구라도 괜찮단 말이다!"

우리의 대화를 듣고 있던 메구밍이 손을 들었다.

"그럼 제가 마왕 살해자의 칭호를 가져가겠어요."

"메구밍은 사태를 더 복잡하게 만들지 마라! 애초에 방 안에서는 폭렬마법을 쓸 수 없지 않느냐! 카즈마가 마왕을 쓰러뜨리면 메구밍도 후회하게 될 거다! 아쿠아도 뭐라고 말 좀 해봐라!"

"나는 그런 것보다, 다크니스의 갑옷이 더 신경 쓰여. 내가 모르는 사이에 갑옷을 바꿨나 본데, 보아하니 그 갑옷은 저주에 걸렸어. 내가 저주를 풀어줄게. 저주를 풀면 갑옷도 같이 사라질 수 있지만 말이야."

다크니스가 멋대로 저주를 풀려고 하는 아쿠아를 잡고 마법을 영창하지 못하도록 입을 막았다.

결전 직전인데도 왜 우리는 이렇게 긴장감이 없는 걸까.

"내가 암살하지 않더라도, 다 같이 평범하게 싸워서 마왕을 해치우면 그걸로 됐어. 그것보다 너야말로 알고 있긴 한 거야? 내가 아는 한, 네 내구력과 마법 저항력은 액셀 제일이야. 그런 네가 마왕과 그 수하들의 공격을 버텨내지 못한다면, 아무도 마왕을 쓰러뜨리지 못한다고."

아쿠아의 회복 능력과 다크니스의 내구력으로도 마왕의 맹공을 막아내지 못하면, 정공법은 포기하고 메구밍의 원거리 폭격을 믿어볼 수밖에 없다.

게다가 마왕이 결계가 사라진 이 성에 계속 머문다는 가정에서의 이야기다.

—다크니스가 내 가슴을 손등으로 톡톡 두드린 후 작게 웃었다.

"다른 것은 도움이 되지 못하지만, 지키는 것만큼은 나에게 맡겨다오."

평소 그다지 눈에 띄는 행동을 하지 않는 이 녀석답지 않은 발언이다.

다크니스는 지금까지 묵묵히 우리의 방패 역할을 해왔다.

평소에 하악하악 거리거나 별것 아닌 일로 발끈하지 않고 이런 식으로 쿨하게 행동했다면, 나도 순순히 그녀에게 고마워했을 것이다.

"여기사로서 살아왔지만, 설마 마왕에게 유린당한다는 꿈을 이루게 될 줄은 몰랐다. 카즈마……. 정말 고맙다."

"한순간이지만 너한테 고맙다고 생각한 게 정말 후회돼."

아쿠아도 그렇고 메구밍도 그렇고 다크니스도 그렇고, 이 녀석들은 끝까지 정말…….

아쿠아가 전원에게 지원 마법을 걸어줄 때까지 기다린 후, 우리는 서로를 바라보고 고개를 끄덕였다.

—다크니스가 걷어찬 문이 활짝 열렸다!

2

"마왕! 각오—."

"『커스드 라이트닝』!"

"『커스드 라이트닝』!!"

"『커스드 라이트닝』!!!"

문이 열린 순간, 무수한 칠흑빛 뇌광이 다크니스에게 쏟아졌다.

"어!"

눈앞의 그 엄청난 광경을 본 나는 문 뒤편에 숨은 채 그렇게 외치고 말았다.

이것은 위즈가 던전에서 드래곤의 복부에 바람구멍을 냈던 그 흉악한 전격 마법이다.

그것을 맞은 다크니스는 몸을 부르르 떨었고—.

"이익, 비겁한 놈들! 다짜고짜 마법 공격을 펼치는 것이냐!

그러고도 마왕이냐! 우선 자기 이름부터 밝히란 말이다!!"

갑옷에서 검은 연기가 피어올랐지만 그대로 방 안으로 돌격했다!

어라, 저 녀석은 방금 치명적인 마법을 무수히 맞았는데…….

내가 문 뒤편에 숨어서 다크니스의 터프함에 질려 있는데, 다른 이들이 차례차례 방 안으로 뛰어들어갔다.

융융이 마법을 영창하면서 안으로 들어갔을 때, 방 안에서는 듣기만 해도 가슴이 갑갑해질 듯한 묵직한 목소리가 들려왔다—.

『내 부하들이 실례를 범했구나! 확실히 귀공의 말에도 일리가 있다. 내 성에서 멋대로 날뛴 침입자여. 그대들이 용사인지, 만용에 사로잡힌 어리석은 자인지……. 자, 그대들의 힘으로—.』

"『인페르노』—!!!!!!"

『커억?!』

그 묵직한 목소리의 주인이 비명을 질렀다.

기합이 잔뜩 들어간 방금 마법은 목소리로 볼 때 융융이 펼친 것 같았다.

활짝 열린 문의 틈새로 내가 있는 곳까지 열풍이 불어왔다.

"잠깐……! 융융, 여차하는 순간에 소중히 쓰라고 말한 마나타이트를 전투 시작과 동시에 써버리면 어쩌냐고요!"

그 뒤를 이어 메구밍의 화난 목소리가 들려왔다.

아무래도 융융은 최고 품질의 마나타이트로 강렬한 일격을 날린 것 같았다.

평소의 융융답지 않은 행동인데, 어디 사는 악마나 양아치에게 물들기라도 한 것일까.

『……홍마족인가. 네놈들은 여전히 정말…….』

"죄, 죄송해요! 하, 하지만, 저기, 제 악우한테 「그 민폐 마왕을 찾아가서 우리 대신 한 방 먹여주고 와」라는 부탁을 받아서……!"

이 순간, 성실한 우등생 한 명이 완전히 타락하고 말았다.

"내 이름은 융융! 아크 위저드이자 상급 마법을 펼치는 자. 홍마족 제일의 마법사로서, 차기 족장으로서……! 홍마족의 진정한 힘을 보여주겠어!"

『그러고 보니 너희들 홍마족 때문에 쓴맛을 톡톡히 봤지……. 좋다. 어디 보여 봐라. 홍마족 차기 족장이라는 자의 실력을 말이다……!』

우와, 우리가 지금까지 치렀던 간부와의 대결은 대체 뭐였던 걸까.

이것이야말로 내가 바라던 판타지, 이것이 마왕과의 결전이란 건가!

"저를 제쳐두고, 연출까지 신경쓰며 폼이란 폼은 다 잡네요! 평소에는 부끄러워서 그런 소리 안 하면서! 게다가 방금 일격은 제 마나타이트로 날린 거잖아요!!"

"아야야, 이럴 때 뭐 하는 거야! 메구밍, 그만해!"

여기서는 모습이 보이지 않지만 안에서 어떤 일이 벌어지고 있는지 얼추 상상됐다.

진짜로 이런 상황에서 뭘 하는 걸까.

바로 그때, 방 안에서 수많은 몬스터들의 고함이 들려왔다.

"『디코이』!!"

그 고함에 맞서듯, 다크니스의 찢어질 듯한 목소리가 들려왔다.

"간다! 마왕!!"

미츠루기가 후덥지근한 고함을 지르는 것과 동시에, 무기가 격돌하는 소리가 들리기 시작했다.

마법이 명중하는 소리와 함께, 갑옷의 저주로 텐션이 상승한 다크니스의 웃음소리도 들렸다.

그것이 한동안 이어졌을 즈음, 메구밍의 절박한 목소리가 들렸다.

"다크니스, 혼자서 무리하지 마세요! 미끼 스킬의 효력을 조금 낮추세요!"

아무래도 다크니스는 적의 맹공을 여전히 혼자서 견뎌내고 있는 것 같았다.

하지만 동장군 앞에서도 고개를 숙이지 않으려 했던 고집쟁이가 이런 상황에서 순순히 물러날 리가 없다.

보아하니 이 싸움은 장기전으로 접어들 것이다.

적의 기척이 줄지 않은 것을 보면 이대로는 마왕을 해치우기도 전에 다크니스가 먼저 당할지도 모른다는 생각이 들었다.

안에 있는 적의 숫자는 열 명 정도이고 아까 전의 전투에서도 비슷한 숫자를 상대했다.

마왕의 힘에 의한 강화만 풀린다면 충분히 승산이 있으리라.

—즉, 내가 마왕만 해치우면 이 전투에서 승리할 수도 있는 것이다!

드디어 내 시대가 왔다.

괜찮아. 위험 부담은 적어. 해낼 수 있다고!

나는 다양한 소리가 교차되고 있는 방안으로 잠복 스킬을 쓰면서 침입했다.

망토를 벗어서 머리에 뒤집어쓴 후 살금살금 나아갔다.

어린애 눈속임이나 다름없는 짓이지만 어둠 속에서 벽에 들러붙어 있기만 해도 발동되는 것이 바로 이 스킬이다.

크리스가 이 스킬을 가르쳐줬을 때를 떠올렸다.

크리스는 내가 보는 앞에서 나무통 안에 들어가더니 그것을 잠복이라고 우겼지.

벽을 따라 살금살금 이동하며 망토의 틈새로 주위를 살펴보니 다크니스가 적진 한복판에서 맹활약을 하고 있었다.

그녀의 공격은 전부 빗나갔지만 볼이 상기된 채 대검을 휘둘러대는 모습은 적들이 보기에 충분히 위협적일 것이다.

미끼 스킬에 의해 공격이 그녀에게 쇄도하고 있지만, 마왕의 힘으로 강화된 그 공격이 수도 없이 적중했는데도 여전히 쓰러지려는 기색조차 보이지 않았다.

"이 녀석은 뭐냐! 몸이 철로 되어 있는 거냐?!"

마왕의 측근 중 한 명이 고함을 질렀다.

힐끔 주위를 둘러보니 검은색 망토를 걸친 마도사 같은 자가 셋, 기사 같은 자가 넷 있었다.

뿔이 달린 거구의 도깨비 같은 자도 하나 있고, 로브 차림에 거대한 낫을 든 사신 같아 보이는 해골도 하나 있었다.

—그리고 이 방의 가장 안쪽에는 그들에게 지시를 내리는 남자가 있었다.

망토 틈새로는 그 자의 얼굴까지는 보이지 않았다.

하지만, 아마 저 녀석이 마왕일 것이다.

……기회다!

갑옷도 입지 않았으니, 이대로 저 녀석의 뒤편으로 가서 칼침을 놔줄 수 있다.

내가 살금살금 걸음을 옮기고 있을 때—!

"너, 뭐하는 거냐?"

어느새 사신 같은 녀석이 내 눈앞에 나타났다.

어이, 잠복 스킬은 어떻게 된 거야.

그 사신이 낫을 크게 치켜드는 가운데—.

"카즈마 씨~!"

아쿠아의 목소리가 들렸다.

—아, 맞다.

아쿠아와 둘이서 던전에 들어갔을 때 저 녀석이 말했지.

망토를 벗어 던진 나는 검을 뽑아들고 그대로 상대를 베려 했지만, 사신의 팔이 흐릿해지는 것과 동시에 바닥이 나를 향해 다가오는 광경을 보며…….

아쿠아가 했던, 언데드에게는 잠복 스킬이 통하지 않는다는 말을 떠올렸다.

3

"『파워드』!"

정신을 차리자 누군가가 나에게 마법을 걸었다.

그것은 예의 새하얀 방 안이었다.

아무래도 나는 목이 잘려서 죽은 것 같다.

나는 이 자리에 멍하니 선 채—.

"……에리스 님, 뭐하는 거예요?"

느닷없이 나에게 마법을 건 에리스에게 질문을 던졌다.

“『프로텍션』!”

에리스는 내 질문에 답하지 않고 다시 마법을 영창했다.

이게 대체 어떻게 된 것일까. 아쿠아가 지원 마법을 걸어 줬지만 종파가 다르면 마법도 다른 건지 중복 효과가 여실히 느껴졌다.

그것보다…….

“으음, 에리스 님. 왜 저한테 마법을 거는 거예요?”

“『레지스트』! ……그야 선배가 소생시킨 카즈마 씨가 바로 전투에 복귀할 수 있도록 하기 위해서예요.”

에리스는 마법을 걸면서 나에게 그렇게 말했다.

…………어이어이.

“봐주세요, 에리스 님. 저는 이미 실패했다고요. 언데드가 있을 경우는 생각도 안 했어요. ……잘 풀릴 줄 알았는데 말이에요.”

나는 그렇게 말하면서 바닥에 주저앉은 후, 두 발을 내밀었다.

마몬이란 녀석에게 통했으니 이번에도…… 하고 생각했던 것이다.

아무리 내가 운이 좋더라도 매사가 그렇게 뜻대로 풀릴 리 없잖아.

젠장. 아쿠아가 불길한 예감이 든다는 소리를 하며 세운 사망 플래그를 내가 회수하고 말았다.

돌아가면 그 녀석한테 꼭 한 소리 해줘야지.

“무슨 소리를 하는 거예요. 아직 싸움은 끝나지 않았어요. 지금도 다들 마왕을 상대로 열심히 싸우고 있단 말이에요. ……확실히 전황은 불리하지만…… 아앗! 다크니스의 디코이가 끊겨서, 미츠? ……루기 씨가, 적에게 포위를……! ……다행이에요. 융융 양이 폭풍 마법으로 적을 밀어냈네요.”

에리스가 허공을 쳐다보며 그렇게 단편적인 정보를 알려줬는데, 탈락한 사람한테 그런 조마조마한 정보를 알려주지 말았으면 좋겠다.

“게다가 누구 한 명이라도 죽으면 전투를 중지한 후, 시체를 회수해서 텔레포트를 하기로 미리 이야기를 해뒀다고요. 슬슬 후퇴 준비를 시작했을걸요?”

나는 바닥에 철퍼덕 앉아서 그렇게 말했지만 에리스는 고개를 갸웃거리며 이렇게 말했다.

“아뇨, 다들 포기하지 않았어요. 오히려 메구밍 양의 격려에 융융 양이 의욕을 불태우고 있네요. 메구밍 양이 「내 생애의 절친이자 라이벌이여, 카즈마의 원수를 갚아주세요!」 같은 소리를 하더니, 지팡이를 휘둘러대며 화내고 있네요. 금방이라도 저 좁은 공간에서 폭렬마법을 쓸 것 같은 기세예요. 그리고 다크니스가 「죽여버리겠어!」 같은 흉흉한 소리를…….”

그, 그만해, 메구밍. 괜히 부추기지 마…….

다크니스도 양갓집 규수면서 왜 이렇게 성미가 급한 거냐고.

그 녀석들이 왜 후퇴하지 않는지 생각해보니 아마 죽은 사람이 나이기 때문이리라.

미츠루기나 다크니스, 융융이 죽었다면 바로 위기에 몰릴 테니까 포기할 수 있지만 마왕 토벌의 기회를 차마 포기하지 못해 전투를 지속하고 있는 것이다.

작전과는 다르지만 궁지에 몰린다면 도망치리라.

……그때 작전을 깜빡하고 내 시체만 두고 가면 어떻게 하지.

괘, 괜찮겠지? 회수해줄 거지?

섬뜩한 생각이 든 내가 고민에 잠겨 있을 때 에리스가 살며시 미소 지었다.

"자, 가혹한 짓이지만 제가 카즈마 씨를 보내드리겠어요. 선배가 억지를 부린 게 아니라, 제 의지로 규정을 어기는 건 처음이라 좀 가슴이 떨리는군요……."

에리스가 말은 그렇게 하면서도 가슴이 설레는 표정을 지었다.

"에이. 이제 무리예요, 에리스 님. 방금까지의 실황 중계를 들어보니, 미츠루기도 고전하고 있는 거죠? 그런 상황에서 제가 참전한다고 뭐가 달라지겠어요. 저는 아무런 치트도 지니지 못한 최약체 직업이라고요. 혹시나 해서 물어보는 건데, 마왕한테는 독이나 백스텝 같은 게 효과가 있나요? 게임에서 보면 보스에게는 독이나 즉사 공격이 통하지 않는 경우가 의외로 흔하잖아요."

"……마왕에게는 독이 통하지 않을 겁니다. 아마 즉사 공격도……."

에리스는 희미하게 쓴웃음을 지었다.

뭐야. 어차피 기습을 해봤자 소용없었던 거잖아…….

"그럼 내가 할 수 있는 일은 없는 거네요. 게다가 저는 스테이터스가 다른 모험가들보다 낮거든요? 운 하나만 좋을 뿐이에요. ……푸념 같은 건 하고 싶지 않지만, 이런 능력으로 지금까지 살아남은 게 용하지 않나요? 제 입으로 할 말은 아닌 것 같지만요……."

내가 한심한 푸념을 늘어놓자 에리스는 미소를 머금고 조용히 들어줬다.

"온실 속 화초처럼 자란 은둔형 외톨이가 맨몸뚱이로 이 세계에 보내져서, 마구간 생활을 하며 육체노동을 했다고요. 그리고 성가신 동료들과 힘을 합쳐 열심히 살았는데, 어느새 빚을 산더미처럼 졌고요. 그 빚을 겨우 청산하니 흉흉한 녀석들과 적대하게 되지를 않나, 툭하면 성가신 일에 휘말리지를 않나……."

하아, 이런 상황에서도 푸념이 쉴 새 없이 흘러나왔다.

이제까지의 짜증나는 추억이 차례차례 떠올랐다.

"이만큼 고생했으면 이제 행복을 누려도 천벌 받지는 않을걸요? 솔직히 이 세상에 온 후로 제 성격이 많이 삐뚤어졌다는 건 알아요. 하지만 그런 일을 겪으면 누구라도 삐뚤어질 걸요? ……원래부터 은둔형 외톨이였지만, 이곳에 와서 더 못난 인간이 된 느낌이……."

에리스는 내 독백을 아무 말 없이 들어준 후…….

빙그레 웃으며 이렇게 말했다.

"하지만, 즐거웠죠?"

……약았네.

"……뭐, 나름대로는요."

"그렇죠?"

에리스는 그럴 줄 알았다는 듯이 빙긋 웃었다.

……두목은 정말 귀여워.

"다른 사람들이 포기하지 않았는데, 카즈마 씨만 이대로 탈락하면 쓸쓸할 것 같아요. 그러니 선배가 소생을 시킨다면 언제든 바로 참전할 수 있도록 해둘게요."

—그 마음은 고맙다.

"하지만, 그건 있을 수 없는 일이에요. 그 바보한테 단단히 일러뒀거든요. 누가 죽든 절대 앞으로 나서지 말라고요."

그러니까—.

"기왕 걸어준 마법도 도움이 안 될 거예요."

내가 그렇게 중얼거리자 에리스는 자신만만한 표정으로 고개를 끄덕였다.

"……그런가요. 그럼 계속할게요. 『헤이스트』!"

에리스는 그렇게 말한 뒤 나에게 또 마법을 걸었다. 왠지 대화의 핀트가 어긋난 느낌이 드는데, 여신이란 존재는 하나같이 남의 말을 듣지 않는 걸까.

내가 그런 생각을 하고 있을 때였다.

절대 들려선 안 되는 목소리가, 이 새하얀 방에 울려 퍼졌다.

《카즈마 씨~! 카즈마 씨~!!》

—그것은 끝까지 내 말을 듣지 않은 아쿠아의 목소리였다.

그 바보는 전투 중에 대체 무슨 짓을 하는 걸까.

자기가 죽으면 아무도 되살릴 수 없다는 걸 알고 있는 거야?

입에서 신물이 날 정도로 나서지 말라고 말했는데…….

그리고, 그렇게 마왕을 무서워했으면서…….

《카즈마 씨~, 우리 지금 여러 가지 의미에서 위기에 처했거든?! 메구밍이 폭렬마법을 영창하기 시작했거든?!》

아쿠아가 흘려들을 수 없는 발언을 입에 담아서 나는 무심코 엉덩이를 들썩였다.

그리고 즐거워 죽겠다는 듯이 싱글벙글 웃고 있는 에리스를 향해—.

"……저 녀석은 대체 왜 사람 말을 안 듣는 걸까요?"

"하지만 선배의 저런 면은 좀 귀엽지 않나요?"

전혀 귀엽지 않고, 돌아가면 저 녀석이 질질 짤 때까지 설교해주자는 생각을 했다.

에리스는 그런 내 얼굴을 쳐다보며—.

"카즈마 씨, 지금 웃고 있군요."

즐거워 죽겠다는 어조로 그렇게 말했다.

골치 아프네…….

두목일 때는 꽤 빈틈투성이면서 여신일 때는 이렇게 사람을 자기 손바닥 위에 올려놓은 것처럼 가지고 논다.

그리고 웃고 있다는 사실을 나 자신도 부정하지 못한다는 점이 또 분했다.

—나는 몸을 벌떡 일으킨 후, 볼을 찰싹찰싹 소리가 나게 때려 기합을 넣었다.

"하아, 그 바보는 저를 대체 뭐라고 생각하는 걸까요? 그리고 용케도 그 격전 속에서 저를 소생시킨 것 같네요."

나는 그렇게 말한 뒤 현실 세계로 이어지는 문을 향해 걸음을 옮겼다.

"다크니스가 지금도 마왕과 측근을 상대로 혼자서 버티고 있거든요. 후훗, 그들도 다크니스의 맷집에는 질린 것 같아요. 완전히 질려버린 마왕의 얼굴을 카즈마 씨한테도 보여 주고 싶군요."

에리스는 그렇게 말하고 즐거운 듯 웃음을 흘렸다.

당연하지. 우리 파티가 자랑하는 크루세이더는 튼튼하거든.

액셀 마을은 물론이고, 이 세상에서 가장 튼튼할 거라고.

다크니스가 근성을 발휘 중이라는 말을 듣고 의욕을 쥐어 짜냈지만 이제부터 싸워야 할 상대를 생각하니 절로 한숨이 나왔다.

"마왕……."

설마 최종 보스와 한판 대결을 벌이게 될 줄이야.

마왕군 간부를 비롯해, 대체 왜 이렇게 강적들만 줄줄이 상대하고 있는 걸까.

내가 운이 좋다는 건 거짓말이 분명해…….

문 앞에서 뒤를 돌아보니 에리스가 기대에 찬 표정으로 가슴 앞에 든 손을 꼭 말아 쥐고 있었다.

"……미리 말해두겠는데, 아무런 작전도 없거든요? 제가 참전해봤자, 결과는 뻔하다고요. 뭐, 이렇게 됐으니 일단 가보기는 하겠지만."

내가 미덥지 못한 소리를 하자 에리스는 진지한 표정을 지었다.

"그렇다면, 조언을 해드리겠어요. 현재, 저쪽에는 선배가 있어요. 믿기지 않겠지만, 선배는 정말 강한 힘을 지닌 여신이죠. 일시적으로 마왕의 능력을 약화시킬 수 있을 정도로 말이에요."

"정말요?! 우와, 진짜 여신 같네요! ……아, 하지만 그 바보는 한 번도 그런 소리를 한 적이 없는데요."

"……까, 깜빡한 것 아닐까요……."

…………진짜로 강한 힘을 지닌 여신이 맞는 걸까.

하지만 그 녀석은 내 하반신에 인간은 절대 풀 수 없는 봉인을 걸겠다며 협박을 한 적이 있지.

그것 말고도 아이리스가 착용하고 있던 목걸이형 신기를 크리스가 스틸로 훔친 후에 봉인했어.

그렇다면, 해볼 만할까……?

"……아, 그렇다면 말이에요. 마왕의 가장 성가신 힘은 함께 있는 몬스터의 능력을 향상시키는 능력 같은데, 그 힘도 일시적으로 약해지는 거죠?"

"그건 무리예요. 약화되는 건 마왕의 신체 능력과 마법 저항력, 마력, 그 외 기타 등등……이니까요. 하지만 마법 저항력을 약화시킬 수 있다는 것에 힌트가 있어요. ―카즈마 씨는, 텔레포트를 쓸 수 있죠?"

……아하!

"마왕이 약화되어서 제 마법이 통하게 되면, 텔레포트로 액셀의 경찰서로 보내는 거군요! 그리고 온 마을의 모험가들이 힘을 합쳐 마왕을 작살내는 거예요!"

"아, 아니에요! 그게 아니라고요! 현재 마왕군의 별동대가 액셀 마을을 습격하고 있어요! 전황은 비등비등하지만, 그곳에 마왕이 나타나서 별동대를 강화한다면 마을이 그대로 괴멸되고 말 거예요."

젠장, 그러고 보니 마왕군이 액셀 마을을 습격한다고 했었지…….

"그럼, 어떻게 하죠……?"

내가 묻자 에리스는 검지를 세우더니―.

"당신은 던전 최심부를 텔레포트 장소로 등록해뒀죠?"

마치 장난꾸러기처럼 기대에 찬 표정으로 그렇게 말했다.

―아하, 마왕을 던전 최심부로 보내는 거구나!

"던전 최심부에 버려둬서 죽어 나자빠지게 하는 거군요. 에리스 님도 참 음흉하네요. 하지만 좋은 작전이라고 생각해요."

"아니에요! 아니라고요! 거기에는 몬스터가 우글거리지만, 마왕이라면 간단히 복종시킬 수 있을 테니 쉽게 던전 밖으로 나올 수 있어요. ……그러니, 카즈마 씨에게 부탁이 있어요……."

불길한 예감이 들었다.

"마왕과, 1대 1로 싸워서, 쓰러뜨려 주지 않겠어요?"

—이 사람, 아쿠아보다 더 무모한 소리를 하네.

“에이, 그건 무리예요. 그럴 바에야 미츠루기, 융융, 아쿠아를 마왕과 함께 던전에 보낸 다음, 아쿠아의 지원을 받은 미츠루기와 융융에게 마왕을 해치우라고 하죠. 그리고 융융의 텔레포트로 돌아오는 거예요. 이편이 훨씬 승률이 높을걸요?”

내가 그런 제안을 했지만 에리스는 고개를 저었다.

“아마 마왕도 텔레포트를 쓸 수 있을 거예요. 그러니까 그런 상황에서 던전에 보내진다면 바로 성으로 돌아오겠죠.”

“그렇다면 나와 같이 텔레포트를 하더라도, 혼자 돌아가 버릴 텐데요…….”

내가 그런 의문을 입에 담자 에리스는 옅은 미소를 머금고 말했다.

“용감한 모험가와 싸워서 눈부신 최후를 맞이하는 것도 마왕의 중요한 소임 중 하나랍니다. 1대 1로 도전하는 모험가한테서 도망친다면, 그런 자는 마왕이라 할 수 없죠.”

……그러고 보니 그런 이야기를 전에도 들었다.

던전 안에서 바닐과 위즈가 그런 이야기를 했었지.

마지막에 용감한 모험가와 화려하게 싸운 후 장렬하게 산화한다.

그것이 마왕이란 존재라고 말이다.

"하, 하지만……. 그렇다면 제가 아니라 미츠루기와 마왕을 전송하면 되지 않나요? 그 녀석은 용사가 되고 싶은 것 같으니까요."

……한심한 이야기지만, 정공법으로 싸운다면 나보다 그 녀석이 분명 강할 테니까.

"무리겠죠. 검만 쓸 줄 아는 미츠루기 씨가 어두운 던전 안에서 마족의 왕에게 이기는 건 도저히……. 하지만 당신은 달라요. 그 어떤 장소에도 적응하고, 다양한 스킬을 지닌 카즈마 씨라면 희망이 있지 않을까요? 게다가……."

에리스는 눈을 반짝이며 가슴 앞에 든 손을 꼭 말아 쥐었다.

"게다가, 아무 힘도 없던 최약체 직업 소년이 혼자서 마왕을 해치운다. ……그편이 더 폼나잖아요!"

이 사람이 지금 뭐라고 지껄이는 거야.

의적으로 활동하는 걸 보면 열혈 만화 같은 것을 좋아하는 걸지도 모른다.

망설이고 있는 내 등을 밀듯이—.

《카즈마 씨~, 카즈마 씨~!》

이런 진지한 대화에 어울리지 않는, 울음 섞인 아쿠아의 목소리가 들려왔다.

"……하아. 저 녀석은 평소에는 그렇게 저를 무시하면서,

왜 중요한 순간에만 의지하는 걸까요?"

나는 그렇게 말하고 마왕과 싸울 각오를 굳혔다.

그런 나를 본 에리스의 얼굴에는 진지하고 청초한 여신다운 표정이 아니라—.

"그야 물론, 선배가 카즈마 씨를 신뢰하고 있기 때문이에요. ……역시 조수 군은 츤데레네요. 불평을 늘어놓으면서도, 선배한테는 무르잖아요."

내 지인이 자주 짓는 장난꾸러기 같은 미소가 어려 있었다.

"역시 두목은 귀여워요. 무사히 마왕을 해치운다면, 저와 결혼해주지 않겠어요?"

"좋아요. 그럼 메구밍 양과 다크니스에게는 조수 군이 직접 저와 결혼하기로 했다는 걸 전해주세요."

내 놀림에도 익숙해진 건지 에리스는 빙긋 웃고 그렇게 대꾸했다.

"정말요? 그럼 저도 힘 좀 내봐야겠네요. 돌아가자마자 메구밍과 다크니스에게 「나, 크리스와 결혼하기로 했어」라고 말해둘게요."

"죄, 죄송해요! 두 사람이 화낼 테니 하지 마세요! 카즈마 씨가 먼저 저를 놀려서, 좀 골려주려고 했을 뿐이에요!"

똑 부러지는 것 같으면서도 좀 어리바리한 내 두목은, 여전히 놀림에 익숙하지 않은 것 같다.

에리스가 허둥대는 모습을 히죽거리며 보고 있을 때, 또 아쿠아의 목소리가 들렸다.

《카즈마 씨~, 카즈마 씨~!》

……이 녀석은 분위기가 좋을 때면 꼭 훼방을 놓는다니깐. 일부러 이러는 거 아냐?

짜증이 난 나는 되살아나면 불평을 해줘야겠다고 생각했다.

"현재, 마왕군의 습격을 받은 액셀 마을과 왕도에서는 많은 분들이 전투를 치르고 있어요."

에리스가 그렇게 말하고 손가락을 튕기자 눈앞에 새하얀 문이 열렸다.

"액셀 마을에서는 당신과 함께 모험을 하고, 술을 마시고, 함께 웃거나 다퉜던 모험가들이 마왕군의 별동대와 격전을 펼치고 있죠. 왕도에서는 국왕이 직접 이끄는 기사단, 일본에서 온 모험가들, 홍마족의 정예들이 마왕군과 격돌 중이랍니다."

진지한 표정으로 그렇게 말한 에리스는 빙긋 웃음을 흘렸다.

"그리고 성개(聖鎧) 아이기스를 몸에 두른, 당신을 오라버니라 부르며 따르는 용감한 소녀가 아쿠시즈 교도 및 메구밍 양의 친구인 홍마족들을 데리고 마왕의 딸과 결전을 벌이려 하고 있어요."

"예?!"

나는 그 충격 발언을 듣고 무심코 뒤를 돌아보았다.

뭐가 어떻게 된 건지는 모르겠지만, 아이리스가 나서야 할 만큼 위기에 처한 건가?

대체 뭐가 어떻게 되고 있는 걸까. 왜 아이기스와 아이리스가 합체한 걸까. 그리고 아쿠시즈 교도는 제쳐두더라도, 메구밍의 친구인 홍마족이라면 그 녀석의 동급생들일 텐데…….

"이 세상의 섭리 중에는 마왕이 태어나면 온 세상의 몬스터가 매일 강해진다는 것이 있답니다. 그리고 마왕이 쓰러지면, 몬스터들이 한 단계 정도 약해진다는 섭리도 있죠. ……자, 카즈마 씨. 이 말의 의미는 이해했죠?"

두목은 진짜 약았다니깐.

그런 말을 들으면 마왕을 쓰러뜨릴 수밖에 없는 거잖아.

……아니, 내가 의욕을 불태우고 있어서 가르쳐준 건가.

처음부터 이 사실을 알려줬다면 훨씬 수월하게 나를 설득할 수 있었을 텐데 말이야. 이럴 때는 참 올곧은 사람이라니깐.

"방금 그 말을 듣고 의욕이 더 샘솟았어요. 제 동생마저 힘내고 있는 만큼, 마왕을 쓰러뜨려서 다른 사람들을 도와줘야겠네요."

문에 들어서려 하는 나를 향해 에리스가 이렇게 말했다.

"—그럼 네가 현세로 돌아가기 전에, 조수 군에게 마지막

선물을 줘야겠네."

아무래도 여신으로서 해야 할 일은 마친 것 같았다.

내 친구인 크리스의 말투로 되돌아간 그녀가 나를 향해 손을 내밀었다.

나에게는 지원 마법이 어마어마하게 걸려 있지만 마왕이 상대라면 만전을 기하고 싶다.

"이 마법만큼은 선배한테도 지지 않을 자신이 있거든! 행운의 여신의 이름을 걸고, 끝내주는 축복을! ―『블레싱』!!"

믿음직한 지원 마법을 받은 후 나는 드디어 문을 향해 돌아섰다.

안 그래도 뛰어난 내 행운 수치가 거의 반칙급으로 상승해서 드디어 의욕이 넘쳐흘렀다.

―할 수 있어. 지금이라면 할 수 있다고.

아쿠아와 크리스의 마법이 더해지며 내 컨디션은 그야말로 끝내줬다.

그런 내 의욕을 갉아먹으려는 듯이…….

분위기 파악 못 하는 녀석의 긴박감이라고는 눈곱만큼도 없는 목소리가 들렸다.

《카즈마 씨~, 카즈마 씨~! 빨리 와~, 빨리 오란 말이야~!》

………….

나와 크리스는 서로를 쳐다보며 웃음을 터뜨렸다. 그리고, 허공을 향해 큰 목소리로—.

"어쩔 수 없네에에에에에에에에엣!!"

아쿠아를 향해 고함을 지르는 나를 쳐다보고 크리스가 즐거운 듯 외쳤다.

"자, 그러면 마왕 퇴치를……!"

여신이자 내 두목이기도 한, 소중한 이의 목소리를 등 너머로 들으며—.

"한번 해보자!"

평소 같은 말투로 그렇게 외친 나는 그대로 문에 뛰어들었다!

4

"메구밍, 상관없다! 이 녀석들을 다 죽여버려라! 너희는 내가 벽이 되어 지켜주마! 내가 폭렬마법도 견뎌낼 수 있다는 건, 이미 증명됐지 않느냐!"

"좋아요! 이렇게 된 거, 다 같이 죽자고요! 만약 다크니스가 지켜주지 못하더라도, 하루 동안 이렇게 많은 폭렬마법을 날려댄 끝에 마왕과 함께 동귀어진을 하는 거라면 제 인생에 아쉬움은 없어요! 게다가 여러분과 함께라면, 죽는 것도 그다지 무섭지는 않고요!"

"안 돼! 메구밍, 멈춰! 다크니스 씨도 부추기지 말아요!"

왠지 무시무시하기 그지없는 대화가 들렸다.

눈을 떠보니 나를 들여다보고 있는 아쿠아와 시선이 마주쳤다.

뒤통수에서 부드럽고 따뜻한 감촉이 느껴지는 건 아쿠아가 무릎베개를 해주고 있기 때문이리라.

"앗……! 드디어 돌아왔구나, 카즈마!"

내가 의식을 되찾자 아쿠아가 환한 목소리로 그렇게 외쳤다.

허둥지둥 상체를 일으킨 나는 재빨리 상황을 확인했다.

그러자—.

"마왕님! 뒤편으로 물러나십시오!"

"어이, 거기 홍마족! 알고 있는 거냐?! 실내에서 폭렬마법을 썼다간, 너희도 무사하지 못할 거다!"

폭렬마법의 빛이 어려 있는 지팡이 끝으로 마왕 일행을 위협하고 있는 메구밍, 그리고 온몸이 상처로 뒤덮인 채 맨손으로 그런 메구밍을 지키고 있는 다크니스의 모습이 눈에 들어왔다.

그리고 마왕을 감싸고 있는 측근들과 멀찍이 떨어진 곳에 있는 융융이 메구밍을 필사적으로 설득하고 있었다.

미츠루기는 전투 도중에 상처를 입은 건지 한쪽 무릎을 꿇고 있었으며 두 들러리가 그런 그를 지키고 있었다.

잠복 스킬이 통하지 않는 사신을 찾아보니, 내가 죽어서

피 웅덩이가 생긴 장소에 부러진 다크니스의 검과 커다란 낫이 굴러다니고 있었다.

아무래도 나를 죽인 사신은 아쿠아에게 역습을 당한 것 같았다.

내가 슬그머니 몸을 일으키자 나를 힐끔 쳐다본 다크니스와 메구밍이 안도의 표정을 지었다.

전투는 교착 상태였고 현재 마왕의 측근들은 이쪽을 주목하고 있지 않았다.

아니, 메구밍의 지팡이 끝에 맺힌 위험한 빛 때문에 주위 상황이 눈에 들어오지 않는 것이리라.

—마왕의 측근들이 메구밍을 진정시키는 데 정신이 팔려 있을 때였다.

"카즈마, 텔레포트를 준비해. 일단 다 같이 탈출하자. 카즈마와 융융이 텔레포트의 영창을 마치면, 메구밍이 폭렬마법을 저 발코니 밖으로 쏜 후에 그대로 튀는 거야!"

나는 필사적인 어조로 그렇게 말하는 아쿠아를 향해…….

"어이, 아쿠아. 이제부터 내가 하는 말을 잘 들어. 아니, 이게 마지막이니까 한 번쯤은 잘 들으라고. 아까 에리스 님한테서 들은 건데, 너는 마왕의 힘을 약화시킬 수 있다며?"

아까 에리스에게 들은 이야기를 전했으나—.

"……카즈마 씨, 무슨 소리를 하는 거야? 여신이나 할 수 있는 그런 일을 내가 어떻게 해. 괜찮아? 정신 좀 차려."

………….

“너야말로 정신 차려! 자기 직업을 망각하지 말라고! 너, 일단은 여신이잖아!”

“아! 맞다, 그러고 보니 나는 여신이었지! 여신의 신성한 힘으로 마왕을……! 잠깐만 있어 봐. 봉인을 걸면 마왕을 약화시킬 수 있지만, 그게 다야. 아까부터 마왕은 전투에 참여하지 않았어. 마왕을 약화시켜도 아마 의미는 없을걸?”

“네가 마왕을 약화시키면, 그 후에는 내가 어떻게든 해보겠어. ……그 사신 타입의 언데드는 해치운 것 같네. 이제 잠복 스킬이 먹힐 거야.”

내가 잠복 스킬이란 단어를 입에 담자 아쿠아는 불안한 표정을 지었다.

“카즈마 씨는 계속 싸울 생각이야? ……저기, 그냥 돌아가자. 그냥 확 돌아간 다음, 이 나라의 잘난 양반들에게 마왕을 떠넘기고, 다 같이 매일 즐겁게 사는 거야. 돈이 없다면 내 취지에 어긋나기는 해도 개인기로 돈벌이를 하는 것을 고려해볼게. 아, 하지만 어느 정도 돈이 모일 때까지만이야. 계속 그럴 생각은 없거든? 그러니까…….”

나는 아쿠아를 향해 오른손을 내밀어서 그녀의 말을 막았다.

그리고 나는 진지한 표정으로 아쿠아에게 말했다.

“일단 내 말 좀 들어. 이런저런 일이 있기는 했지만, 너는 나와 오랫동안 함께 다녔잖아? 위기를 어떻게든 헤쳐 온 나를 조금은 믿어봐."

"오랫동안 함께 다녔기 때문에 믿지 못하는 거야."

……이 녀석, 확 때려버릴까.

모처럼 입에 담은 멋진 대사인데 그런 헛소리로 대꾸한 아쿠아의 얼굴을 움켜잡고—.

"잔! 말! 말! 고! 너는! 마왕의 힘을 약화시킬 준비나 해!"

"아얏! 아파! 아프거든?! 알았어! 하면 될 거 아냐!"

그대로 손아귀 힘으로 으스러뜨릴 듯 움켜쥐며 아쿠아에게 작전을 설명했다.

"잘 들어. 네가 마왕을 약화시키면, 나는 또 잠복 스킬을 써서 마왕에게 접근할 거야. 그리고 텔레포트로 마왕을 납치하는 거지. 던전 최심부로 끌고 간 후, 그 녀석을 해치우겠어."

"잠깐만 있어 봐. 허약 그 자체인 카즈마 씨가 마왕과 1대1로 싸우려는 거야? 내 맑디맑은 여신의 감이, 사망 플래그만 보인다고 말하고 있거든?"

이 녀석은 의욕을 내는 사람에게 찬물을 끼얹어야 직성이 풀리는 걸까.

"다 방법이 있어. 진짜로 방법이 없다면, 텔레포트를 써서 액셀 마을로 먼저 돌아갈게. 마왕이 이곳으로 돌아오지 않는다면, 내가 해치운 거라고 생각해. 그러면 융융의 텔레포트로 마을에 돌아오는 거야. 마왕을 쓰러뜨리지는 못하더라도 시간을 최대한 벌어보겠어. 그 사이에 너희는 이 방에 있는 측근들을 해치워. 마왕이 없어지면 이 방의 녀석들도 약해질 테니까, 너희라면 그 정도는 충분히 할 수 있지?"

그리고 이 방의 적을 소탕한 이후에 마왕이 어슬렁어슬렁 돌아오면, 그때 자근자근 밟아주면 된다.

하지만 내 작전을 들은 아쿠아는 더 불안한 표정을 지었다.

"……저기, 카즈마가 던전에서 픽 죽어버리면 어떻게 할 거야? 던전에서는 카즈마 씨의 시체가 금방 상할 테고, 배고픈 몬스터에게 잡아먹힐지도 모르거든?"

"사, 사람 시체에 상한다는 표현을 쓰지 마. ……뭐, 위험해지면 금방 도망칠게. 만약 마력이 바닥나더라도, 텔레포트에 쓸 마나타이트는 남겨둘 거야."

이제 슬슬 행동을 옮기지 않았다간 내가 소생했다는 사실을 적들이 알고 경계할 것이다.

"후하하하하하! 이 자리에서 마왕을 쓰러뜨린 후, 내가 새로운 마왕이……!"

"메구밍, 진정해! 마왕을 쓰러뜨려도 마왕이 되지는 못해! 눈빛이 진심 같은데, 그래도 그냥 협박하는 거지?! 우리를 배웅해준 액셀의 모험가가 무사히 마을에 돌아오면 밥을 사준다고 했어! 그러니까 꼭 살아서 돌아가야……."

저쪽을 보니, 아직 교착 상태가 이어지고 있는 것 같았다.

……문뜩 내 쪽을 힐끔 쳐다보는 다크니스와 시선이 마주쳤다.

하지만 그 순간, 다크니스는 고개를 돌렸다.

마치 마왕 일행이 내 존재에 주목하는 것을 막으려는 것 같았다.

메구밍과 다크니스는 일부러 저렇게 눈에 띄게 행동해서 적들의 주의를 자기 쪽으로 돌리고 있는 건가.

당초에 정한 작전대로 내가 마왕에게 백스텝을 쓰는 것을 기대하고 있는 걸지도 모른다.

"좋아, 그럼 가볼게. 어이, 아쿠아. 내가 텔레포트를 쓴 후에 다른 애들에게 설명을 해줘. 내가 위험해지면 텔레포트로 도주할 거라는 걸 꼭 전해두라고. 안 그러면 저 녀석들이 또 폭주할 거야."

내가 그렇게 말하면서 잠복 스킬을 쓰려고 했지만 아쿠아가 내 옷자락을 움켜쥐더니 한사코 놓지 않았다.

"……저기, 카즈마. 왜 이렇게까지 마왕을 퇴치하려고 하는 거야?"

아쿠아는 불안 섞인 목소리로 그렇게 말했다.

그런 그녀는 뭔가를 기대하는 표정을 짓고 있었다.

……너를 위해서야, 같은 멋진 대사를 기대하고 있는 게

뻔히 느껴져서 짜증이 치솟았다.

그렇게 눈을 반짝이며 쳐다보지 말라고. 이 녀석, 용사를 보내주는 여신 같은 이 상황에 취한 게 분명해.

"……딱히 너를 위해서 이러는 게 아냐!"

"이럴 때만이라도 순순히 「당신을 위해서예요, 여신님」 하고 말해주면 어디 덧나?! ……저기, 츤데레 백수. 진짜로 위험해지면 바로 도망쳐. 허약체인 카즈마 씨가 마왕의 공격을 맞으면 그대로 즉사할 거야."

허약체 같은 소리 하지 말라고.

"알았으니까, 나를 믿어. 내가 정정당당히 끝까지 멋지게 싸우는 남자 같아 보여? 백수는 포기가 빠르다고."

"알아. 포기가 빠른 것도, 겁쟁이인 것도, 분위기에 쉽게 취하는 얼간이라는 것도 말이야."

……너야말로 이럴 때라도 제대로 응원을 해보라고.

"……그리고, 투덜대면서도 마지막에는 어떻게든 해준다는 것도 알아. 그러니 죽지 않을 정도만 마왕을 놀려주고 와."

아쿠아는 자신만만한 표정으로 으스대면서 나를 똑바로 쳐다보았다.

—망토로 몸을 가린 나는 벽을 따라 살금살금 나아갔다.

이제부터 마왕을 해치우려 하는 용사다운 모습과는 거리가 멀지만, 폼 나는 히어로가 되는 건 이미 관뒀다.

내가 마왕의 곁으로 살금살금 다가갔을 즈음, 두 손바닥을 마주 댄 아쿠아가 눈을 감고 기도를 올리는 포즈를 취했다.

이윽고 아쿠아는 실내를 환하게 비추는 눈부신 빛을 뿜기 시작했다.

……어라. 저 녀석, 지금은 진짜 여신 같네.

"이 세상에 존재하는 나의 권속이여……."

관자놀이에 땀방울이 맺힌 반딧불이의 여신이 뭔가를 읊조리기 시작했다.

"물의 여신, 아쿠아가 명하노라……!"

범상치 않은 현상이 발생하자 마왕과 측근은 아쿠아를 주시했다.

마왕은 아쿠아의 행동을 막으려 했지만 메구밍의 위협 탓에 꼼짝도 할 수 없었다.

이윽고 아쿠아가 천천히 눈을 뜨더니 힘찬 목소리로 고함을 질렀다.

"부정한 자에게 봉인을—!"

그것은 아쿠아가 대충 중얼거린 아무 의미 없는 말처럼 들렸다.

하지만 그 말이 들린 순간, 이 방 전체가 청량한 느낌에 휩싸였다.

부정한 자라는 말에 약간 뜨끔했지만 아무래도 나는 그 대상이 아닌 것 같았다.

측근들이 벽이 되어 그 빛으로부터 마왕을 지키려고 한 바로 그때였다.

"『디코이』!!!!"

상처투성이인 다크니스가 스킬을 펼치며 그대로 돌격했다.

"으윽?! 마왕님을 지켜라! 벽이 무너지면 안 된다!"

그렇게 외친 측근이 다크니스의 몸통 박치기에 튕겨 나가자, 부하들의 뒤편에 숨어 있던 마왕이 아쿠아가 뿜는 빛에 노출됐다.

미츠루기가 뭘 하고 있나 싶어서 쳐다보니 아쿠아가 회복 마법을 걸어준 덕분에 겨우 몸을 일으키고 있었다.

좋아. 내가 마왕을 납치한 후 측근과의 싸움도 승산이 있겠는걸.

측근들에게 달려든 다크니스가 스킬의 힘으로 그들의 주의를 끄는 사이, 나는 마왕의 등 뒤에 도착했다.

가까이에서 보니 마왕은 거구의 노인 같았다.

백발 사이로 뿔 두 개가 삐죽 튀어나와 있지만 언뜻 보기에는 인간으로 보였다.

하지만 화려한 검은 옷으로 몸을 감싼 그가 측근들을 강화시키는 검은 안개를 몸으로 뿜고 있는 모습은, 누가 보기에도 영락없는 마왕 그 자체였다.

"허세다. 저 홍마족 계집은 폭렬마법을 쓰지 못해. 눈앞에 있는 크루세이더보다, 마검을 든 남자를 주시해라! 그리고 다른 홍마족 계집한테서도 눈을 떼지 마라!"

마왕이 그렇게 말하자 메구밍의 관자놀이가 부르르 떨렸다.

어이, 관둬. 저 녀석의 신경을 건드리지 마! 저 녀석은 할 때는 하는 애라고!

"젠장, 화가 치미는구나……. 설마 여신이 강림했을 줄이야. ……풋내기 모험가의 마을 근처에 떨어진 빛의 정체가, 저 긴장감 없는 면상의 여신인 건가……?"

마왕이 나에게 등을 보인 채, 질색하는 표정으로 아쿠아를 쳐다보며 그렇게 중얼거렸다.

……어쩌지. 예정을 변경해서 백스텝으로 확 공격해버릴까?

하지만 실패하면 그걸로 끝인 데다, 에리스가 마왕에게는 독이나 즉사 공격이 통하지 않는다고 했잖아.

그렇다면, 역시 텔레포트로……!

"하필이면 물의 여신이 왔을 줄이야……! 네 관할은 다른 세계일 텐데? 선배랍시고, 후배 여신을 돕기 위해 온 건가……?"

마왕은 화난 투로 그렇게 중얼거렸다. 저기, 아쿠아가 이 세상에 온 건 바로 저 때문이거든요? 참, 죄송하게 됐네요.

—아아, 젠장. 역시 무섭다.

마왕은 나에게 등을 보이고 무방비하게 서 있다. 지금이 바로 기회다.

이제 나서기만 하면 된다.

계기가, 뭔가 용기를 낼 계기가 필요해……!

—바로 그때, 잠복 스킬을 쓰고 있는데도 불구하고 다크니스와 시선이 마주친 느낌이 들었다.

아니, 실제로 시선이 마주쳤을 것이다.

다크니스만이 아니라, 메구밍과도 시선이 마주쳤다.

하나같이 나와 시선이 마주치면 고개를 돌리면서 기대에 찬 미소를—.

자기 일은 이제 끝났다는 듯이, 나를 철석같이 믿고 긴장감 없는 표정을 짓고 있는 아쿠아가 눈에 들어왔다.

……이제 치트 능력 같은 건 바라지 않겠다.

전설의 마검이나 엄청난 재능, 누구에게도 지지 않을 힘도 필요 없다.

그러니까, 신(에리스)이시여—.

바라건대, 신(아쿠아)이시여—.

근성 없는 이 은둔형 외톨이에게 마왕과 싸울 용기를 주세요!

"……윽?! 네놈, 언제부터 거기 있었던 것이냐?!"

나는 마법을 영창하며 깜짝 놀라 뒤돌아보는 마왕을 향해 몸을 날렸다!

“『텔레포트』—!!”

최종장 이 모험가에게 영광을!

1

마치 게임의 최종 보스의 방처럼, 거창하면서도 흉흉한 장식이 된 문 앞.

텔레포트로 이동한 곳은 예의 던전의 최하층이다.

나는 마왕과 함께 뱀파이어의 진조가 틀어박혀 지내던 방 앞에 서 있었다.

이곳에서는 몬스터의 기척이 느껴지지 않았다.

일전에 바닐 일행과 이 최하층에 왔을 때도 뱀파이어 이외의 몬스터는 없었다.

즉, 마왕을 상대하기에 가장 좋은 장소인 것이다.

—나와 함께 이곳으로 텔레포트된 마왕은 뒤편으로 몸을 날려 거리를 벌렸다.

"……여기는 어디지? 네놈의 동료가 잔뜩 있는 장소로 보내질 줄 알았다만……. 흠. 이 곰팡내와 진한 마력으로 볼 때, 어딘가의 던전 같군."

나도 마왕과 거리를 벌리며 이곳이 어디인지 알려줬다.

"딩동댕. 이 세상에서 가장 깊다고 여겨지는 던전의 최하층이야. 이곳에서 돌아가기 위해선, 지상까지 하염없이 걸어가거나……. 아니면 텔레포트로 돌아갈 수밖에 없어."

내 말을 들은 마왕이 흠, 하고 중얼거린 후―.

"그럼 성으로 돌아가도록 할까. 마왕이나 되는 자가 텔레포트도 쓰지 못할 거라고 여겼느냐? 곰팡내가 진동하는 장소에 계속 있을 필요는……."

나는 그렇게 말하고 텔레포트를 쓰려 하는 마왕을 향해―.

"텔레포트 정도야 당연히 쓸 줄 알겠지. 하지만, 마왕이 도망칠 거야? 용감한 모험가와 1대 1로 싸우는, 이 상황에서 말이야."

나는 검지를 까딱거리면서 마왕을 도발하듯 그렇게 말했다.

"……오호라. 대체 어디서 들은 건지는 모르겠지만, 마왕에 관해 조사했나 보군. 확실히 1대 1의 정정당당한 도전을 받고 도망친다면, 마족의 왕을 자처할 수는 없겠지. ……하지만 내 부하에게 맥없이 살해당한 약해빠진 남자여. 네놈의 실력으로 나와 싸우는 건 무리다. 좀 더 실력을 갈고닦은 후에 다시 찾아와라. 하다못해, 소드 마스터 마검사 수준으로 강해진 후에 말이다."

마왕은 그렇게 말하고 코웃음을 치더니 조소를 머금었다.

나는 그런 마왕을 향해―.

"나는, 모험가거든?"

그 조롱에 대항하듯 도발적으로 웃으며 말했다.

"……모험가?"

"그래. 모험가. 나는 최약체 직업인 모험가야."

던전 최하층인 이곳에는 마법이 걸려 있는 건지, 아니면 빛나는 이끼가 심어진 건지, 완전한 어둠이 아니라 푸르스름한 옅은 빛에 휩싸여 있었다.

"……너는 모험가냐? 상급 직업도, 전위 직업이나 마법사 계열 직업이 아니라, 약하기 그지없는 모험가? 그런 모험가가……."

"그래. 약해 빠진 모험가가, 혼자서 마왕에게 도전하겠다고 말하는 거라고. 어라~? 아무리 여신의 힘으로 약해졌다고는 해도, 설마 최약체 직업인 모험가한테서 도망치려는 건 아니죠, 마왕님~?"

마왕은 내 도발을 듣고 무시무시한 표정을 지었다.

그 얼굴을 보고 오줌을 살짝 지릴 뻔했지만 이대로 마왕이 돌아가면 곤란하다.

지금이야말로 일본에서 갈고닦은 은둔형 외톨이의 조롱 스킬을 뽐낼 때다.

하지만 마왕은 깊은숨을 내쉬고 마음을 진정시키더니—.

"……그런 도발은 통하지 않는다. 이래 봬도 오랜 세월을 살아왔으니까 말이다. 네놈이 모험가인 게 어쨌다는 거냐? ……무슨 생각인지는 뻔하지. 전력에 도움이 안 되는 네놈이 나를 이곳으로 끌고 온 후, 도전해서 시간을 번다. 그 사이, 내 힘의 은총을 받지 못하게 된 부하들을 네놈의 동료들이 쓰러뜨린다."

마왕은 그런 예상을 늘어놨다.

"그리고 충분히 시간을 번 후, 네놈은 텔레포트로 탈출하겠지. 그 후 내가 텔레포트로 성으로 돌아가면 네놈의 동료들이 포위하는…… 뭐, 그런 작전 아니냐?"

마왕은 그렇게 말하고 텔레포트로 귀환할 준비에 착수했다.

—역시 나이를 허투루 먹은 게 아닌 것 같지만 저대로 둘 수는 없다.

나는 마왕을 향해 카드 한 장을 내밀었다.

"뭐, 기다리라고. 이게 내 모험가 카드야. 어둡고 꽤 거리가 있기는 하지만, 내 레벨과 스테이터스, 직업란이 보이지? 자, 내 스테이터스를 잘 보라고. 웬만한 중견급 모험가보다 훨씬 낮거든? 그런 모험가가 무서워서 도망치려는 거야? 이런저런 이유를 대고 있지만, 결국은 나한테 질까 봐 무서운 거지? 그런 녀석이 마왕이랍시고 거들먹거려도 되는 거야? 이렇게 판이 깔렸는데, 그래도 돌아가 버리는 거냐고."

마왕의 이마에서 혈관 하나가 불거졌다.

"……도발하지 마라, 꼬맹이. 마음만 먹으면 너 같은 건—."

"마음만 먹으면 너 같은 건? 조무래기 중간 보스나 읊을 법한 대사네. 실망했어. 진짜로 실망했다고! 이런 게 마왕? 어처구니가 없네! 뚜껑을 열고 보니, 최약체 직업한테 겁먹어서 도망치는 겁쟁이 영감탱이잖아!"

으득, 하고 마왕이 이를 가는 소리가 어둑어둑한 던전 안에 울려 퍼졌다.

"……괜한 짓이다. 네놈이 최약체 직업인 버림돌이라면, 상대할 이유가 더욱더 없지. 네놈의 목적이 시간 벌이라는 건 이해했다. 그럼 잘 있어라, 입만 산 꼬맹아!"

내뱉듯 그렇게 말한 마왕이 텔레포트를 영창……!

"—토벌된 간부들 대부분은 나와 얽혔다가 당한 거야. 베르디아, 바닐, 한스, 실비아, 월버그, 세레나의 순서로 해치웠던가? 그 녀석들 말고도 이 성을 지키던 이름 모를 자칭 최강도 박살이 났지. ……명색이 마왕이면, 부하들의 원수 정도는 갚아주라고."

텔레포트 영창을 중단한 마왕은 나를 쳐다보고 코웃음을 쳤다.

"웃기지도 않는 농담이구나. 멍청한 놈, 너 따위는 시간도 벌지 못한다는 걸 알려주지! 『커스드 라이트닝』!"

마왕이 갑자기 나를 향해 마법을 날렸다.

어, 큰일났다. 죽었……!

"아닛?!"

"윽?! ……휴, 휴우, 위험했어……. 마왕쯤이나 되는 분께서 기습이나 하는 겁니까~. 뭐, 나 정도 되면 늙어빠진 영감탱이의 공격 따위는 이렇게 간단히 피해 버리지만 말이에요. 푸푸풉~!"

살짝 오줌을 지렸다.

운 좋게 자동 회피가 발동하지 않았다면, 분명 내 머리가 없어졌을 것이다.

마왕이 날린 검은 번개는 내 머리가 있던 장소를 정확하게 꿰뚫었다.

본능적인 공포에 사로잡혀 내가 뒷걸음질 치자 마왕은 마법을 날리는 자세를 유지한 채 고개를 갸웃거렸다.

"……음? 방금은 스킬로 회피한 건가. 번개 마법을 보고 피한다는 건 보통 있을 수 없는 일이지. 이런, 성가신 놈이군……."

마왕은 한숨을 내쉬면서 아무렇지도 않게 나에게 다가왔다.

잠깐, 아직 전투 준비가……!

"기다……."

"흥, 이제부터 어떻게 할 것이냐? 아무런 방책도 없을 테지. 늙었다고는 하나, 모험가 한 명 정도 죽여버리는 건 일도…… 아……니……?"

"…………어?"

순식간에 접근한 마왕은 내 멱살을 쥔 채 굳어버렸고—.

내 멱살을 잡은 마왕의 손바닥에서 타들어 가는 소리와 함께 연기가 피어올랐다.

"……아뜨뜨뜨뜨뜨뜨뜨뜨뜨뜨뜨뜨뜨뜨뜨뜨뜨뜨뜨!"

마왕이 허둥지둥 내 멱살을 놓고 오른손을 감싸 안으며 바닥을 굴러다녔다.

그사이에 멀찍이 물러난 나는 가슴팍에서 뭔가가 사라졌다는 사실을 눈치챘다.

내가 항상 목에 걸고 다니며 소중히 여겼던 그것이…….

"이게 뭐냐! 호부? 저주의 호부 같은 건가?! 크으으윽, 약아빠진 짓거리를 하는구나……!"

마왕은 내 가슴팍에서 뜯어낸 그것을, 짜증 섞인 손길로 바닥에 집어 던졌다.

—그것은 일전에 메구밍에게 받은 홍마족의 부적이었다.

모두의 머리카락이 들어있을 뿐인, 단순한 부적인데…….

"어이, 소중한 물건이니까 함부로 다루지 말라고."

"……크, 이건 대체 뭐지? 내 오른손에 불타버렸지 않느냐! 안에 대체 뭐가……?! ……파란 머리카락?"

나는 머뭇거리며 부적의 내용물을 들여다보는 마왕을 향해 말했다.

"여신의 머리카락이 가득 들어 있는 부적이야."

"네, 네놈 때문에 당치도 않은 물건을 만졌지 않느냐! ……크, 그래. 네놈 따위와 노닥거릴 때가 아니지. 조무래기라고 생각해서 얕봤다만, 이제 됐다! 빨리 돌아가지 않았다간, 내 부하들이……."

이 영감탱이, 이런 상황에서도 나와 싸우지 않을 심산이냐!

아쿠아의 힘으로 약화시킨 지금이라면 분명 이것도 통할 것이다.

에리스 님, 부탁이에요. 제발 괜찮은 물건을 빼앗게 해주세요!

"『스틸』!"

"윽?!"

내가 처음으로 익히고 쭉 써먹어 온 절도 스킬이다.

내가 품속을 살펴보니—.

"뭐야. 꽝이잖아……."

"………………."

수제 느낌이 물씬 나는, 자수가 된 손수건이 내 품속에 있었다.

내가 그걸 던져버리자 마왕은 허둥지둥 그것을 움켜쥐었다.

"……혹시 소중한 물건이야?"

"……내 딸이 직접 만든…… 아, 아무것도 아니다……."

……뜻밖에도 소중한 물건을 빼앗아버려서 양심의 가책을 느낀 나는 검을 뽑아 든 후, 그것을 잘 보라는 듯이 흔들어 보였다.

가장 소중한 물건을 빼앗아서 억지로 싸우게 만든다는 작전은 관두고, 다른 방법을 써볼까!

"간단히 해치울 수 있을 줄 알고 기습을 했는데, 만만치 않아 보이니 도망치는 거구나. 너, 진짜로 마왕 맞아? 하아~, 모처럼 마왕 토벌용으로 마법이 걸린 무기까지 준비했는데, 너한테는 진짜 실망했다고!"

그 말을 들은 마왕이 내가 쥔 검을 힐끔 쳐다봤다.

"……확실히 마법이 걸린 검 같구나. 꽤 대단한 무기 같다만, 그건 공격용 마법검이 아니지 않느냐?"

"아니, 이건 꽤 대단한 녀석이라고. 내 악우가 모험가의 시체를 뒤져서 주운, 유서 깊은 무명의 마법검이지. 겁쟁이 엉터리 마왕을 해치우는 데는, 이걸로 충분…… 우왓!"

내 거듭된 도발에 뚜껑이 열린 건지, 아니면 딸이 준 선물을 내가 함부로 다룬 것 때문에 화가 난 건지—.

"좋다! 그렇게 죽고 싶다면, 지금 바로 저세상으로 보내주마!"

마왕이 나에게 덤벼들었다!

2

“멈춰라! 실컷 도발해놓고 이제 와서 도망치는 것이냐, 이 겁쟁아! 네놈, 아까까지 나를 뭐라고 불렀느냐? 너야말로 겁쟁이지 않느냐!”

먼 곳에서 마왕의 고함이 들려왔지만 나는 깔끔하게 무시했다.

나는 어둑어둑한 이 던전의 그림자에 숨어서 잠복 스킬을 쓴 상태로 활에 화살을 건 후—.

“그런 변변찮은 마법으로 내가 눈을 못 뜨게 하다니, 정말 약아빠졌구나! 정정당당하게 도전하는 게 아니었느냐? 빨리 튀어나와라, 이 꼬맹아!”

한참 떨어진 곳에서 나를 찾기 위해 두리번거리고 있는 마왕을 향해……!

저격—!!

“허억?!”

옆머리에 활이 명중하자 마왕의 머리는 튕겨나듯 옆으로 흔들렸다.

아까 마왕이 접근했을 때, 나는 크리에이트 어스를 이용해 상대가 눈을 뜨지 못하게 한 후 거리를 벌렸다. 아무래도 그 바람에 제대로 화가 난 것 같았다.

평정심을 잃은 마왕은 내가 쏜 활을 정통으로 맞았지만—.

“거, 거기냐……! 내 화를 돋우고 싶어 환장한 것 같구나……!”

활을 맞은 관자놀이를 손으로 감싼 마왕은 비틀거리며 이를 갈았다.

거의 효과가 없다!

역시 마법이 걸린 무기가 아니면 효과가 적은 거냐!

나는 복잡한 던전 안을 나아가면서 허둥지둥 마왕과 거리를 벌렸다.

저 녀석의 접근을 허용하면 아마 끝이다.

마왕을 드레인 터치로 쓰러뜨릴 수 있을 것 같지는 않고 접근해서 시험해볼 생각 또한 눈곱만큼도 없다.

그렇다고 활로 조금씩 대미지를 준들, 마왕을 쓰러뜨리기도 전에 화살이 바닥나고 말 것이다.

“그렇게 도발을 해놓고 이러는 게 한심하지도 않은 것이냐? 아까, 마검을 지닌 남자는 정정당당히 나에게 덤볐다! 그 크루세이더도 말이다! 그런데 네놈은 대체 뭘 하는 것이냐!”

적 탐지 스킬을 통해 착실하게 다가오고 있는 마왕의 기척이 느껴졌다.

보잘것없는 나 따위는 간단히 짓눌러 버릴 듯한 마왕의 기척을 느끼면서, 도구 가방에서 종이 원통을 꺼낸 나는 거기에 지포 라이터의 기름을 끼얹었다.

서서히 후퇴하며 도화선처럼 바닥에 기름을 뿌린 나는 작은 목소리로 중얼거렸다.

"『함정 설치』."

"거기냐!"

내 중얼거림을 들은 마왕이 여러 갈래로 나뉜 통로 중에서 내가 있는 곳으로 이어진 통로로 들어섰다.

레인저에게 배운 함정 설치 스킬이 쓸모 있었다.

풋내기가 대충 설치한 함정도 위력과 발동률을 높여준다는, 약아빠진 나와 궁합이 좋은 스킬이다.

나를 향해 다가오는 마왕과, 더는 모습을 감추지 않고 대치하자—.

"검을 뽑아라, 꼬맹이! 단숨에 결판을 내주마!"

나는 지포 라이터에 불을 피운 후 그것을 기름에 떨어뜨렸다.

바닥에 뿌린 기름에 불이 붙은 것을 확인한 나는, 뒤편으로 몸을 날리면서…….

"익스플로전!!"

"어?!"

내가 그렇게 외친 순간, 어둑어둑한 던전 내부에서 폭발음이 울려 퍼졌다.

던전의 단단한 벽과 바닥이 깨지고 그 파편이 내 쪽으로도 날아왔다.

내가 만든 이 마이너마이트는—.

"……윽! 이……! 이게 대체 뭐냐……!"

마왕의 오른쪽 무릎 아래를 엉망진창으로 만들었다.

젠장, 예상했던 것보다 대미지가 적게 들어갔어.

아니, 이것도 마법이 아니라서 대미지가 경감된 건가?

위력을 생각하면 다리 하나 정도는 날려버릴 수 있을 거라고 생각했는데…….

나는 마음속의 동요를 들키지 않도록 발에 부상을 입고 몸을 웅크린 마왕을 향해 허세를 부리면서 살금살금 뒷걸음질 쳤다.

"훗, 나를 평범한 모험가라고 생각하지 마. 아까도 말했지? 나는 네 밑의 간부들을 토벌하는 데 관여했다고 말이야. 그러려면 익스플로전 정도는 쓸 수 있어야 하지 않겠어?"

"거짓말 마라! 이런 건 익스플로전의 발끝에도 미치지 못해! 방금 폭발에서 마법적인 힘이 느껴지지 않은 것을 보면, 폭발 포션이라도 쓴 것이냐? 정말 약아빠진 짓거리만……, 앗, 인마……!"

내가 말을 끝까지 듣지 않고 그대로 던전의 통로를 내달리며 도망치자 마왕은 발을 질질 끌면서 나를 쫓아왔다.

약화됐다고는 해도 신체 능력은 상대방이 훨씬 뛰어나다.

마왕이 다리를 다쳤지만 나는 거리를 벌리지 못했다.

이 던전의 최하층은 어떤 구조로 되어 있을까.

이대로 도망치다 막다른 길로 몰린다면 나는 틀림없이 죽고 만다.

도구 가방 안을 뒤진 나는 마지막 마이너마이트를 꺼냈다.

젠장, 메구밍이 화만 안 냈어도 더 많이 만들어놨을 텐데…….

마이너마이트를 보기만 해도 불같이 화를 내는 메구밍의 눈길을 피해, 이걸 만드는 건 쉽지 않았다.

이 녀석으로 한 번 더 대미지를 줘서 약해진 틈에 마법검으로…….

—바로 그때였다.

등 뒤에서 불온한 기척이 느껴졌다.

이건 그거다. 위험한 녀석이다.

메구밍이 마법을 쓸 때만큼은 아니지만 마왕이 강력한 마법을 쓰려고 하는 게 분명하다.

뒤를 돌아보니 마왕이 멀찍이서 나를 향해 손을 들고 있는 모습이 눈에 들어왔다.

자동 회피가 발동하면 피할 수 있을까?

아냐, 운에 맡기는 건 위험해. 그게 발동하지 않으면 죽는 거잖아.

마왕과 나 사이의 거리는 10미터 정도 됐다.

위험해. 아까 전의 전격 마법을 날릴 때보다 영창이 길어!

"네놈을 상대하는 것도 이제 지쳤다. 나도 젊지는 않거든. 마왕성에 귀환했을 때를 대비해, 마력을 온존해둘까 했다만……. 네놈도 이건 피하지 못할 테지."

큰일 났다. 뭔가를 쓰려고 해! 위험해, 위험해, 대박 위험하다고!

어떤 방어 마법을 쓸 수 있었더라?!

메구밍에게 받은 최상품 마나타이트 한 개를 품속에서 꺼낸 나는…….

"받아라! 『인페르노』!"

"『크리에이트 어스』!!!!!"

거기에 담긴 모든 마력을 쏟아부어서 눈앞에 대량의 흙을 만들어냈다!

"우왓?! 크윽, 아뜨뜨!"

흙 너머에서 그런 비명이 들려왔다.

내가 만들어낸 흙에 막힌 불꽃을 마왕이 뒤집어쓴 것이리라.

그건 그렇고, 역시 최상품 마나타이트답게 생성된 흙의 양이 어마어마한걸.

……잠깐만 있어 봐.

그렇다면……!

"정말 지긋지긋한 꼬맹이구나! 잔재주만 부려대기는! 흙으로 통로를 막고, 그 안에 틀어박힐 심산이냐! 그렇다면 술래잡기는 끝이다! 나는……!"

나는 마나타이트를 한 개 더 꺼낸 후…….

"『크리에이트 어스 골렘』!!"

"나는…… 이번에야말로…… 성……으로…………."

흙이 꿈틀거리며 인간의 형태를 형성했다.

평소의 내 마력으로는 보잘것없는 골렘만 만들 수 있다.

하지만—.

"……너, 너는……. 이런 짓도, 할 수 있는 것이냐……."

최상급 마나타이트의 모든 마력을 사용해 만든 어스 골렘은 장신인 마왕을 가볍게 능가할 정도로 거대했고 통로의 천장에 닿을락 말락 할 정도의 거구였다.

나는 거대한 골렘의 다리 사이로 마왕을 쳐다보며 자신만만한 웃음을 흘렸다.

—술래잡기는 이제부터 시작이라고.

"라운드 2!"

"빌어먹을~!"

3

"비겁해! 마왕이 등을 보이며 도망치는 거야?! 싸워! 정정당당하게 싸우라고! 너, 아까까지 나한테 뭐라고 했냐?!"

"이놈! 이놈이 정말……!"

술래를 교대한 우리는 던전 안을 이리저리 뛰어다녔다.

"와하하하! 마왕은 참 약해 빠졌네! 간부가 훨씬 강했다고!"

"멍청한 놈! 전성기를 지난 지 한참인 노인에게 뭘 바라는 거냐! 나의 원래 힘은 부하의 강화지, 최전선에서 싸우는 타입이 아니란 말이다! 게다가 지금은 힘이 약화됐다!"

아무리 마왕이라도 거대 골렘을 해치울 수단은 가지고 있지 않은 건지, 혹은 골렘과 싸우는 사이에 나한테 공격당하는 걸 경계하고 있는 건지, 발을 질질 끌며 도망치고 있었다.

언뜻 보기에는 내가 유리해 보이는 상황이지만 사실 이 골렘은 활동 시간을 희생해서 크기와 강도를 우선했다.

장기전이 되면 골렘의 수명이 다하고 만다.

그렇게 되기 전에 결판을 내야 하는데…….

"받아라, 저격! 저격! 저격!!"

"아얏! 커억! 크윽! 이, 이게……!!"

골렘이 마왕을 쫓고, 그 뒤를 따르는 내가 골렘의 발 사이로 화살을 쐈다.

그냥 괴롭히는 수준에 지나지 않는 공격이지만 마왕이 냉정함을 잃게 만드는 데는 충분했다.

마왕이 내 골렘을 텔레포트시키면 나는 지고 만다.

내가 아까부터 계속 도발을 한 덕분에 마왕은 머리가 제대로 돌아가지 않았다.

……아차, 화살이 바닥났다.

골렘이 마왕을 박살낸 후 마지막 마이너다이트와 마법검으로 마왕의 숨통을 끊어주는 게 이상적이지만…….

"……하아…… 하아……. ……다 관두겠다."

마왕이 갑자기 멈춰 섰다.

"네놈이 진짜로 내 간부들을 해치운 것이냐? ……아니, 해치웠을 거다……. 교활하기는 하지만, 나마저도 이렇게 농락할 정도이니까."

왜 갑자기 이런 소리를 늘어놓는 거지.

골렘의 수명이 다할 때까지 시간을 벌려는 건가?

하지만 골렘은 내가 제지할 때까지 마왕을 계속 추적할 것이다.

"그 녀석들은 어땠지? 간부라는 지위에 걸맞은 싸움을 선보였느냐? 조금은 네놈에게 따끔한 맛을 보여줬으려나?"

"……베르디아는, 스틸로 머리를 빼앗기고 오들오들 떨다가 정화당했어. 그러고 보니 그 녀석이 폐허가 된 성에 눌러앉은 덕분에 나는 빚더미에 앉게 됐네."

마왕은 깊은 한숨을 내쉬고 맹금류를 연상케 하는 노란 눈을 번들거리며 나를 쳐다보았다.

"바닐은 폭렬마법에 박살이 났지만, 그 후로 위즈의 가게에서 점원을 하고 있어. 나도 몇 번이나 바가지를 썼다니깐……."

골렘이 마왕을 향해 손을 뻗었다.

"한스한테는 잡아먹힐 뻔했고, 실비아는 다른 의미로 나를 잡아먹으려 했지. 아, 그래도 월버그 씨는 꽤 상식적인 사람이었어……. 마지막으로 싸운 간부는 세레나인데, 그 녀석 때문에 레지나 교도가 됐을 뿐만 아니라 목숨도 잃었지. 진짜 고생을 바가지로 했다고."

"…………너도 고생이 많았겠구나……."

내가 한숨을 내쉬며 한 말을 들은 마왕이 구구절절한 목소리로 그렇게 중얼거렸다.

이 할아버지도 그 녀석들 때문에 고생을 한 걸지도 모른다.

"『크리에이트 어스』!"

마왕이 갑자기 자신의 앞에 대량의 흙을 만들어냈다.

내가 마나타이트 한 개를 통째로 써서 만들어낸 양에 필적하는 그 흙은 마왕을 향해 뻗은 골렘의 손을 막아냈다.

"……어이, 설마……."

"『크리에이트 어스 골렘』!"

마왕의 목소리에 따라 흙이 꿈틀거리더니 인간 형태를 형성하기 시작했다.

그것은 내가 만들어낸 것보다 약간 작은 골렘이었다.

사돈 남 말할 처지는 아니지만 마왕은 대체 못 하는 게 뭐냐고!

"……휴우. 큰일이군. 마력을 꽤 소모했어. ……그래도 꽤 하는구나, 꼬맹이야. 검사한테는 검으로, 마법사에게는 마법으로. 지금까지 싸운 모험가는 그자들의 특기 분야로 박살을 내줬다만……. 이렇게 특이한 방식으로 싸우는 상대는 네놈이 처음이다."

마왕은 감탄한 어조로 그렇게 말했지만 나는 반응을 보일 여유가 없었다.

크기만 보면 내 골렘이 크지만 마왕의 힘은……!

"이번에는 내 차례군. 하지만 실로 재미있는 생각을 하는 남자야. 자, 이제는 어떻게 할 거지?"

마왕이 만들어낸 골렘은 부하를 강화하는 힘의 은총을 받아, 내 골렘을 너무나도 간단히 파괴했다.

"꼬맹아, 라운드 3다!"

"젠장~!"

4

“와하하하하! 자, 도망쳐봐라! 아니면 골렘을 다시 만들어 보겠느냐? 이번에는 이길 수 있을지도 모르지!”

등 뒤에서 마왕의 기쁨에 찬 목소리와 함께, 묵직한 땅 울림이 들려왔다.

마왕은 골렘마저 만들 수 있냐고! 완전 약았잖아!

남은 마나타이트는 세 개.

마이너마이트는 한 개.

그리고 한 자루의 마법검과 괴상한 이름의 애도가 나에게 남아 있는 무기다.

“새로운 골렘을 만들어봤자 간단히 박살이 날 거라는 걸 뻔히 알면서 그런 소리를 해?! 성격 한번 더럽네! 역시 그 자식들의 두목다워!”

나는 어둑어둑한 던전의 통로를 뛰며 등 뒤에서 들려오는 마왕의 말에 대꾸했다.

“뭐……! 거, 거기 서라! 나도 그 녀석들 때문에 고생이 끊이지 않았단 말이다! 베르디아 자식은 툭하면 머리를 욕실에 두고 깜빡하지 않나, 바닐은 성의 병사들을 괴롭혀서 악감정을 먹어 치우지 않나, 위즈는 성의 군자금과 보물을 멋대로 가져가서 가게를 차리는 연습이랍시고 멋대로 팔아치우지 않나……!”

방금 그 말만은 흘려들을 수 없다는 듯 마왕이 발끈하며 빠르게 말을 늘어놨다.

“한스는 식량고에 비축된 걸 말도 안 하고 먹어댔지! 독으로 된 몸으로 식량고를 오염시키면서 말이다! 실비아는 툭하면 당신과 합체하고 싶다는 소리를 늘어놨다! 세레나는 성금을 받는다며 성에서 모금 활동을 했어! 제대로 된 녀석은 월버그 뿐이었지……! 그런 녀석들의 두목이란 소리만은 그냥 흘려들을 수 없다!”

지, 진짜로 고생이 많았네…….

나는 약간 동정하면서도 달리는 동안 품에 넣어놨던 마이너마이트를 다시 꺼냈다.

마족인 마왕에게는 마법 계통의 공격이 아니면 효과가 경감된다.

하지만 상대가 어스 골렘이라면……!

나는 뒤를 돌아보면서 골렘을 향해 마이너마이트를 던졌다.

그리고 주저 없이 손을 내밀어—.

“『틴더』!!!!”

“윽?!”

골렘의 얼굴을 향해 던진 마이너마이트를 착화(着火) 마법으로 폭파시켰다.

폭발음과 함께 사방으로 튀는 파편이 잦아들자 상반신이

완전히 박살 난 골렘의 남은 하반신이 천천히 걸음을 옮겼다.

방금 폭발이 꽤 커서 파편이 우수수 떨어지고 있는 던전의 천장이 무너지지 않을지 걱정됐다.

"이, 이 놈……."

박살 난 골렘의 파편을 얼굴에 맞은 마왕이 지긋지긋하다는 투로 그렇게 중얼거리는 가운데—.

"……방금 그건 익스플로전이 아니라, 틴더다."

"알고 있다! 네놈이 방금 틴더라고 외쳤지 않느냐! 애초에 모험가 따위가 익스플로전 같은 최상위 마법을 쓸 수 있을 리가 없지!"

격앙된 마왕이 나를 다시 쫓아왔다.

이익, 마왕 주제에 모 마왕의 그 유명 대사를 모르는 거냐!

마나타이트는 이제 세 개 남았다. 어떻게 할까? 여기서 맞서 싸울까?!

내가 고민하는 사이, 마왕이 오른손을 내밀었다.

나는 마나타이트 한 개를 움켜쥐며……!

"『라이트닝』!!!"

"『커스드 라이트닝』!"

마나타이트 한 개 몫의 마력이 담긴 라이트닝을 마왕을 향해 날렸다.

그러자 그것과 교차하면서 날아온 칠흑빛 전격이 내 오른쪽 어깨를 꿰뚫었다.

"……으으윽! 크으으으으, 꽤 하는구나! 꽤 하는구나, 꼬맹이!"

"……아, 아야야야야야야! 어깨가! 어깨에 바람구멍이 났어……!!"

오른쪽 어깨를 움켜쥔 내가 울먹거리며 상대를 쳐다보니 마왕은 오른쪽 허벅지를 움켜쥔 채 몸을 웅크리고 있었다.

나는 어깨에 구멍이 났지만 마왕이 입은 상처는 중상이 아닌 것 같았다.

역시 정면승부는 불리하다. 역시 일단은……!

"또 술래잡기를 하자는 거냐? 그건 이미 질렸다, 꼬맹이! 『커스드 라이트닝』!"

마왕이 오른쪽 무릎을 바닥에 댄 채 한 손을 내밀어 치명적인 마법을 날렸다.

……아아, 이제 틀렸어.

이렇게 강력한 마법을 영창도 안 하고 펑펑 쏘는 거냐.

나는 무심결에 어깨를 움켜쥐고 있던 손으로 마법검을 뽑아 들어 그것을 내밀었고…….

—맑은 소리를 내며 마법이 명중한 마법검이 그대로 박살 났다.

"아앗!"

"아니?! ……이것도 막아낸 건가. 네놈은 정말 운이 좋은 모험가인 것 같군……."

믿고 있던 무기가 박살 나자, 나는 절망적인 심정으로 마법검의 자루를 집어 던지고 발끈했다.

"뭐가 운이 좋다는 거야! 진짜로 운이 좋다면, 여기서 이런 일을 겪지 않을 거라고! 아아……. 더스트 자식, 이런 엉터리 마법검을 빌려준 거냐! 아무짝에도 쓸모없잖아!"

"네, 네놈, 적반하장도 유분수구나……. 그것보다, 평범한 마법검으로는 방금 공격을 막아낼 수 없을 텐데……."

마왕이 고개를 갸웃거리는 사이, 나는 등에 멘 칼을 뽑아 들었다.

"하지만 이제 최후의 보루도 박살이 난 것 같구나. 마나타이트는 몇 개나 남아 있지? 그걸로 아까 전의 라이트닝을 몇 발이나 쏠 수 있을까? 너는 상급 마법을 쓰지 못하는 것 같구나. 쓸 수 있다면, 중급 마법인 라이트닝이 아니라 상급 마법을 썼을 테니 말이다. ……그런 무딘 칼로 뭘 하려는 거지? 마법조차 걸리지 않은 무기 같다만……."

"츈츈마루."

………………….

"……뭐라고?"

마왕이 무심코 움직임을 멈췄다.

"츈츈마루라고 했어. 이 칼의 이름은 츈츈마루. 무딘 칼이 아니라 춘춘마루라고. 이걸로 너를 쓰러뜨린다면, 마왕을 쓰러뜨린 칼인 이 녀석을 박물관에 기증해야지……."

"『커스드 라이트닝』!"

"우와앗?!"

마왕이 날린 전격을 자동 회피로 어찌어찌 피했다.

"이 자식, 아직도 나를 우롱하는 것이냐! 이렇게 놀림을 당한 건 처음이다!"

마왕을 도발해서 마력을 바닥나게 할 심산이었는데, 어쩌면 이 괴상한 이름의 칼이 처음으로 나한테 도움이 된 걸지도 모른다.

나는 마왕에게 대미지를 줄 수 없는 이 칼을 바닥에 내려두고 어깨에 손을 댄 채 마법을 영창했다.

"『힐』!"

"……회복 마법까지 쓸 수 있는 건가."

"『힐』! 『힐』!!"

나는 고통 때문에 울먹이며 오른쪽 어깨에 힐을 걸었다.

하지만 상처가 너무 깊어서 내 마력으로는 치유할 수 없었다.

오른쪽 어깨를 움켜쥐고 몸을 일으킨 나는 또 마왕에게 등을 보였다.

"네놈은 정말 도망치기만 하는구나. 이제 그만 포기해라. 네놈은 모험가치고는 잘 싸웠다. 이건 진심으로 하는 말이다. 그런 네놈에게 경의를 표하는 의미에서, 이대로 살려 보내줄 수도 있다. 아직 마나타이트는 남아 있지? 텔레포트를 영창할 시간을 주마."

마왕은 내 등을 쳐다보고 그렇게 말했다.

매력적인 그 제안을 무시하며 통로 모퉁이를 돈 나는 어깨를 움켜쥐고 그대로 주저앉았다.

……큰일 났다. 피가 멎지를 않아. 너무 아프네.

이대로 텔레포트로 돌아가도 되는 건가…….

어쩌지. 성에 있는 녀석들이 마왕의 측근들을 이미 전멸시켰을까?

뭐, 나도 마왕과 1대 1로 싸우면서 이만큼이나 버텼잖아. 그 녀석들이라면 문제없겠지.

그것보다, 빨리 지혈을 해야 해…….

"어이, 꼬맹이. 그러고 보니 아직 네놈의 이름을 듣지 못했구나. 이런 최후의 결전을 치를 때, 마왕은 상대의 이름을 들어둬야 하지. 괜찮다면 이름을 가르쳐주지 않겠느냐?"

마왕이 발을 질질 끄는 소리를 내며 다가오고 있는 가운데, 나는 마나타이트를 한 개 꺼내 들었다.

"『힐』!!"

오른쪽 어깨의 상처가 아물었고 나는 마왕이 있는 방향을 향해 이렇게 말했다.

"사토 카즈마라고 해. ……너는 이름이 뭐야?"

피를 너무 많이 흘린 건지 몸이 나른했다.

일어서야만 한다는 건 알고 있지만 기력이 없었다.

"야사카다."

마왕의, 그 말을 듣고 나는…….

……어?

"야사카? 마왕 야사카? 훨씬 무시무시한 이름일 줄 알았어."

내가 그렇게 말하자 질질 끄는 소리가 멎었다.

마왕이 걸음을 멈춘 것 같았다.

이윽고 마왕이 후훗 하고 웃는 소리가 들렸다.

모퉁이 너머에 있어서 표정은 보이지 않지만 진심에서 우러난 웃음소리였다.

"내 이름은 야사카 쿄이치. 마왕, 야사카 쿄이치다."

…………어.

"……으음, 어떻게 된 거야? 어. 어?! 뭐야. 너, 일본인? 인간이야?"

내가 패닉에 빠지자, 마왕은 진심으로 즐거워하며 말을 이었다.

"아니다. 어엿한 마족이며, 일본이란 곳은 알지도 못하지. 그 나라에 관한 풍문은 들어본 적이 있지만 말이다. 그런 네놈은 용사와 이름이 같구나."

……윽?!

"어이, 영문 모를 소리 하지 마. 나를 혼란에 빠뜨려서 자기 숨통을 끊지 못하게 하려는 속셈이지? 약아빠졌네."

"지금 금방이라도 숨통이 끊어질 것 같은 건 과연 누구일까? 후후, 이 이름을 듣고 너처럼 재미있는 반응을 보이는 자가 많았지. ……내 이름의 유래를 알고 싶으냐? 그리고, 마왕군이 왜 인류를 공격하는지도 알고 싶지 않나? 이건 인류가 아직 밝혀내지 못한 마왕군 최대의 수수께끼일 거다."

그렇게 말한 마왕은 진심에서 우러난 웃음을 흘렸다.

—어, 잠깐만 있어 봐.

뭐가 어떻게 된 거야. 게임이나 만화의 라스트 배틀에서 흔히 나오는 전개잖아.

"나, 그런 걸 듣고 싶다고 말한 적 없거든? 그런데 왜 일부러 가르쳐주려고 하는 거야?"

"너와 마찬가지로 특이한 이름을 지닌 녀석들은, 나와 만나면 꼭 그걸 물어보더구나. 너희들 인간들 사이에서는 마왕이 된 용사의 이야기가 유명한 전설로 남아 있던데…… 어떠냐. 아무도 알지 못하는 진실을 알고 싶지 않으냐?"

마왕은 그렇게 말하면서 재미있다는 듯이 웃었다.

"……으음, 그럼 이름의 유래 같은 걸 물어도 돼? 그리고, 마왕군이 왜 인류를 공격하는지……."

"그게 알고 싶다면, 나를 쓰러뜨려 봐라!"

큭, 열받게 하네!!

"와하하하, 화났느냐? 짜증이 치솟았을 거다! 드디어 네놈에게 내가 느낀 울분을 갚아줬구나! 조금은 울화가 가라앉는걸!"

이 영감, 마왕 주제에 진짜 유치하네!

"……자, 이름을 밝힌 건 오랜만이군. 나는 이제까지, 죽음을 맞이하기 직전인 상대에게만 이름을 밝혀왔지. 하지만 네놈은 내 이름을 알아낸 자로서 이대로 돌아가도 좋다. 그것이 혼자서 이만큼이나 나를 상대한 네놈에게 주는 선물이다."

그렇게 말한 마왕은 다시 발을 질질 끌며 나에게 다가왔다.

내가 텔레포트로 돌아가지 않는다면 해치우려는 생각이리라.

남은 마나타이트는 딱 하나다.

지금 나에게 남은 마력만으로는 텔레포트를 쓸 수 없다.

귀환하기 위해서는 이 마나타이트를 쓸 수밖에 없는 것이다.

"어이, 너는 이대로 돌아갈 거냐? 성에 돌아가면, 아마 내 동료들이 너를 기다리고 있을 거야. 이만큼이나 시간을 벌었으니, 네 측근들은 이미 당했을걸?"

내가 마왕을 향해 그렇게 말하자—.

"그래. 이만큼 시간이 흘렀으니, 내 부하들은 네 동료들에게 당했겠지……. 그렇다면 너를 죽이거나, 아니면 네가 도망친 후에 이곳에서 잠시 휴식을 취해야겠군. 그 후 수하로 삼을 만한 강력한 몬스터를 이 던전에서 확보한 다음에 돌아가도록 하지. 내가 휴식을 마치고 돌아갈 즈음이면, 내 딸이 대군을 이끌고 성으로 개선할 거다."

그러고 보니, 이 최악의 상황에서 마왕의 딸이 돌아올 가능성도 있구나…….

일단 마을로 귀환해서 재정비를 한 후, 액셀의 모험가들과 함께 다시 이곳으로 텔레포트할까.

……아니다. 다시 이곳에 올 마력은 없고 마나타이트 또한 딱 하나만 남았다.

드레인 터치로 모험가들에게 마력을 얻어도 되겠지만 액셀 마을에서는 현재 방어전이 한창일 것이다.

그런 와중에 마왕을 해치우러 갈 거니 같이 가자는 내 말을 듣고 따라오는 모험가가 대체 몇 명이나 있을까?

—질질, 질질.

마왕의 발소리가, 어느새 근처에서 들려왔다.

……이 녀석을 쓰러뜨리지 않고 내가 돌아가면 어떻게 될까.

그 성가신 세 녀석은 마왕이 몬스터를 끌고 성으로 돌아간다면 내 말대로 도망칠까.

……내가 시킨 대로 할 리가 없지.

마왕에게 내가 마을로 무사히 돌아갔다고 전해달라 부탁할까?

하지만 그 녀석들이 마왕의 말을 믿을까? 뭐, 믿을 리가 없지…….

그렇다면—.

"저기 말이야. 나도 마왕성으로 데려가 달라고 부탁하면, 나한테도 텔레포트를 걸어줄 거야?"

"……그렇게까지 해줄 이유는 없지. 너는 꽤 쓸모 있는 녀석이니, 내 부하가 되겠느냐? 그렇다면 나를 배신하지 못하게 되는 저주를 건 후에 성으로 데리고 돌아가 주지."

그럴 줄 알았어.

잠깐만 있어 봐. 일단 저주에 걸린 후에 같이 돌아간 다음, 아쿠아에게 저주를 풀어달라고 하면 어떨까?

……아냐. 배신하지 못하게 되는 저주에 걸리면 아쿠아의 힘에 대해서도 전부 털어놓을지도 몰라.

—질질, 질질.

나는 그 소리를 들으며 주저앉은 채로 무언가를 꺼냈다.

오른손으로, 오랫동안 쓴 탓에 손때가 묻은 모험가 카드를…….

그리고 왼손으로, 마지막 남은 마나타이트를 쥐었다.

—질질, 질질.

……하아.

솔직히 말해, 이건 나한테 어울리지 않는 짓이다.

이런 건 영웅이 되고 싶어 하는 녀석이 하면 된다고 생각했다.

혹은 용사가 되고 싶어 환장한 녀석이나, 아니면 먼치킨이 해야지.

나처럼 술 퍼마시고 해가 중천에 뜰 때까지 늘어지게 자고, 미소녀에게 둘러싸여 희희낙락하는, 그런 퇴폐적인 일생을 바라는 백수가 할 짓이 아니다.

"자, 텔레포트 영창은 마쳤느냐? 눈감아주겠다고 말했지만, 밉살스러운 네놈의 얼굴을 보고도 살의를 참을 수 있을 거라 보장할 수는 없구나."

마왕이 발을 질질 끄는 소리를 들으며…….

—그 녀석들, 분명 화내겠지…….

하지만 내가 안 하면 자포자기한 그 녀석들이 또 사고를 칠 게 뻔해…….

그런 생각을 하며 모험가 카드를 향해 손을 뻗은 순간, 발을 질질 끄는 소리가 바로 옆에서 들렸다.

"모퉁이를 돌지 말고, 그리고 화내지 말고 들어줬으면 하는데 말이야. 우리, 그냥 무승부인 걸로 하지 않겠어? 그리고 나를 먼저 텔레포트로 마왕성에 보내주지 않을래?"

내가 그렇게 말하자 마왕이 걸음을 멈췄다.

"그렇게 해주면, 나는 동료들을 데리고 마을로 돌아가겠어. 너는 푹 쉬든 말든 알아서 해. 쉬지 않고 바로 성으로 돌아오더라도, 내 동료들이 너를 해치지 못하게 하겠다고 약속할게."

던전 안에 정적이 흘렀다.

"……크큭, 크하하하. 무승부? 무슨 소리를 하는 것이냐. 단단히 착각한 것 같구나. 너는 졌다. 너를 살려서 보내주는 건, 어디까지나 내 변덕에 지나지 않……!"

그렇게 말하며 모퉁이를 돌아 모습을 보인 마왕은 그대로 걸음을 멈췄다.

내 양손 사이에 어려 있는 폭렬마법의 빛을 보고…….

"…………무승부, 라. 좋다, 모험가여. 너를 먼저 성으로 보내주마. ……그러면 되겠느냐?"

"안 돼. ……그래서 내가 말했잖아. 모퉁이를 돌지 말고, 그리고 화내지 말고 들어줬으면 한다고. 이걸 본 후에 그런 소리를 해봤자, 더는 신용할 수 없다고. 네가 나를 텔레포트로 분화구 한복판에 보내버리면 어떻게 하냔 말이야. 그랬다간 나만 괜히 목숨을 잃는 거잖아?"

마왕은 내 손 사이에 어린 빛에서 눈을 떼지 않고 마른 침을 삼켰다.

"……알았다. 그럼 어쩌면 좋겠느냐? 이 거리에서 그걸 쓴다면, 나뿐만 아니라 네놈도 무사하지 못할 거다. 설령 폭발에 휘말리지 않는 거리에서 쓰더라도, 이곳은 무너지고 말겠지. 네놈도 그렇게 될 것을 알고 있으니까, 이제껏 그것을 쓰지 않은 것 아니냐?"

뭐, 그렇긴 해.

"애초에 상급 마법도 쓰지 못하는 모험가가, 폭렬마법 같은 최고로 복잡한 마법을 쓸 수 있다니……. 너는 대체 어떻게 되어 먹은 놈이냐?"

"……글쎄. 나도 잘 모르겠어. 솔직히 말해 내 포지션이 뭔지도 모르겠다고. 나는, 그 녀석들의…… 보호자? 연인? 조련사? 주인님? 친구? 동료? 동거인? ……으음, 뭐가 적당할까."

내가 이제 와서 그런 고민을 시작하자, 마왕은 진땀을 흘리며 폭렬마법의 빛을 응시했다.

"이 마법에 환장한 여자애가 있는데, 내 옆에서 매일같이 이걸 날려댔다고. 그 일과에 계속 동행한 덕분에, 나도 습득이 가능할 정도로 이 마법의 영창과 동작을 통째로 암기

해버렸지 뭐야."

내 손 사이에는 화상이 걱정될 만큼 뜨거운 빛이 응집되어 있었다.

한순간이라도 집중을 풀었다간, 그대로 이 빛이 폭발해버릴 것이다.

메구밍은 용케도 이렇게 엄청난 녀석을 매일 같이 제어했는걸.

"이 거리에서 그것을 날린다면, 약해빠진 네놈은 그대로 소멸되고 말겠지. 하지만 나는 마왕이다. 모험가가 날린 폭렬마법 정도에는 숨통이 끊어지지 않을지도 모르지."

"아쿠아 때문에 약해진 지금의 너는 아마 버텨내지 못할걸? 게다가 이 최하층은 붕괴될 거잖아? 설령 숨이 붙어 있더라도, 생매장을 당하면 그걸로 끝일 거야."

마왕은 내 말을 듣고 다시 입을 다물었다.

피가 부족한 건지 머릿속이 멍했다.

—슬슬 끝내는 편이 좋겠네.

"……죽는 게 무섭지 않은 거냐?"

"엄청 무서워. 몇 번이나 죽어봤기 때문에, 더 무섭다고."

죽는 건 무섭다.

아니, 지금도 울음이 터져 나올 것만 같다.

두 번 다시 그 녀석들을 만나지 못한다고 생각하니, 너무 괴롭다. 정말 괴롭다.

하지만—.

"……이대로 내가 죽으면, 수많은 인류가 끝내 밝혀내지 못했던 사실이 영원한 수수께끼가 되어버릴 것이다. ……내 이름의 유래를 알고 싶지 않으냐? 그리고, 마왕군이 왜……."

"흥미 없어~."

—하지만…….

어차피 그 녀석들은, 이번에도 내가 어떻게든 해줄 거라고 철석같이 믿고 있을 거라고.

"…………『커스."

마왕이 영창을 마치기도 전에…….

"『익스플로전』—!!!"

나는 마법을 날렸다!

5

몸이 불안정하게 둥실둥실 떠다니는 느낌이 들었다.

아무것도 보이지 않고 들리지도 않았다.

그런 와중에, 먼 곳에서 나를 부르는 목소리가 들린 느낌

이 들었다.

별생각 없이 그곳으로 향했다.

그쪽으로 가고 싶다고 바라기만 해도 몸이 자연스레 이동했다.

마치 꿈을 꾸고 있는 것처럼 몸이 둥실둥실 떠다니는 것만 같았다.

이 불가사의한 감각은 대체 뭘까.

나를 부르는 이가 있는 듯한 방향으로 나아가자, 이윽고 커다란 빛이 보이기 시작하더니—.

"사후 세계에 온 걸 환영해요. 저는 당신을 새로운 길로 안내할 여신, 아쿠아랍니다. 사토 카즈마 씨. 당신은 던전 최하층에서 숨을 거뒀어요. —괴로우시겠지만, 당신의 인생에 마침표가 찍히고 만 거죠."

…………….

그것은 눈에 익은 새하얀 방이었다.

빛을 발견해 뛰어들었는데 어떻게 된 건지 내 눈앞에 아쿠아가 있었다.

그리고 그 옆에는 에리스도 있었다.

……이 녀석이 여기 있다는 건, 마왕을 무사히 해치웠다는 거겠지.

그런데 그 후로 뭐가 어떻게 된 것일까.

내가 마왕을 쓰러뜨린 순간, 이 녀석은 여기로 이동된 것일까.

『어이, 아쿠아. 내가 마왕을 텔레포트로 납치한 후 어떻게 됐어?』

말을 걸어봤지만, 고개를 숙인 아쿠아는 나와 시선을 맞추지 않았다.

그리고 앞 머리카락이 아쿠아의 얼굴을 가리고 있어서 그녀의 표정을 살필 수 없었다.

"……당신에게는, 몇 가지의 선택지가 존재해요."

아쿠아는 담담하게 교과서를 읽는 투로 그렇게 말했다.

"……이대로 이 세상에서, 갓난아기로 다시 태어날 것인가."

『……어이, 아쿠아. 우선 상황 설명을 해줘. 다른 녀석들은 어떻게 됐어? 그리고, 사람과 이야기할 때는 얼굴을 쳐다보면서 하라고.』

다시 말을 건넸지만, 아쿠아는 내 말을 무시하고 담담하게—.

"……아니면 평화로운 일본에서, 갓난아기로 다시 태어날 것인가."

『야, 인마. 사람 말 좀 들어. 그 후로 어떻게 됐는지 묻고 있잖아. 확 네 콧구멍에 손가락을 집어넣어서 내 쪽으로 고개를 돌려버린다?』

그제야 아쿠아는 나를 쳐다보며 떨리는 목소리로 말했다.

"……이제 성가신 동료들 때문에 고생하거나, 빚을 지거나, 체포되는 것 같은 험한 일을 겪지 않아도 되는 천국에서, 평화롭게 살 것인가……!"

어깨를 떨고 눈물을 줄줄 흘리면서…….

……진짜로 울고 있잖아.

에리스가 엉엉 울고 있는 아쿠아의 어깨에 상냥히 손을 올려놨다.

아쿠아는 에리스의 가슴에 얼굴을 묻더니 훌쩍거리며 어깨를 부르르 떨었다.

그런 아쿠아를 보면서 나는 달관했다.

이 녀석이 이렇게까지 우는 것을 보면 나는 이제 되살아날 수 없는 것이리라.

이미 각오했던 것인 만큼 어쩔 수 없다.

……정신적 충격이 클 줄 알았는데 의외로 아무렇지 않았다.
최선을 다한 끝에 목적을 달성했기 때문일까.
—이 녀석을 이곳으로 돌려보낸다는 목적을 말이다.
내 몸을 쳐다보니 가슴 아랫부분이 투명했다.
에리스는 흐느끼고 있는 아쿠아를 상냥히 안아주며 입을 열었다.
"……카즈마 씨. 수고하셨어요. 마왕성에 있던 분들은 무사히 마왕의 측근을 쓰러뜨린 후, 당신이 무사하기를 빌며 대기하고 있었어요. 그리고 마왕을 쓰러뜨린 순간, 선배는 이곳으로 왔죠. 그걸 본 다른 분들도 당신이 마왕을 쓰러뜨렸다는 사실을 안 것 같아요."
나는 그 말을 듣고 안도의 한숨을 내쉬었다.
"지금은 격전을 치른 후라 부상을 치료하고 있어요. 선배가 갑자기 사라진 바람에 좀 혼란스러워하는 것 같지만……."
……그러고 보니 내가 던전에서 죽은 건 전해지지 않은 건가.
큰일이네. 메구밍과 다크니스가 나를 찾는 여행을 떠나면 어떻게 하지.
아니, 액셀 마을의 녀석들도 수색에 참여할지도 몰라.
혹시, 일이 꽤 커지는 거 아냐?
……내 착각이 아니겠지? 다들 나를 찾으러 다닐 거지?
……큰일 났네. 역시 작별 인사도 나누지 못하고 작별했더니 괴로운걸.

그래도 혼만 남은 상태라 다행이다.

육체가 있었다면 아쿠아처럼 목놓아 엉엉 울었을지도 모른다.

—나의 그런 생각이 표정을 통해 드러난 것일까.

에리스가 나를 향해 상냥한 미소를 지었다.

"……자, 사토 카즈마 씨. 마왕을 쓰러뜨리고 죽은 당신에게는……. 일반적인 사후의 선택지와는 다른 것이 준비되어 있다는 전언을 받았답니다."

아쿠아는 그 말을 듣고 고개를 퍼뜩 들었다.

"우선 첫 번째. 방금 선택지에도 있었던, 천국에서 느긋하게 지낸다."

에리스는 손가락 하나를 세우더니 즐거운 어조로 그렇게 말했다.

"……그리고 두 번째. 육체를 얻고, 일본으로 돌아간다. 이 경우, 평생 다 못 쓸 정도의 돈을 드리겠어요. 그리고 당신이 이상형으로 여기는 배우자와…… 아, 선배! 가, 가까워요……! 얼굴이 너무 가깝다고요! 좀 진정하세요!"

아쿠아는 눈물을 닦더니 에리스의 코앞에서 그녀의 말을 경청하고 있었다.

에리스는 헛기침을 한 번 하고 말을 이었다.

“그리고, 세 번째. 육체를 얻고, 이세계로 다시 돌아간다.”

—그 말을 들은 순간, 아쿠아의 표정이 환해졌다.

……왜 그렇게 기뻐하는 거냐고.
마치 내가 뭘 선택할지 이미 알고 있는 듯한 표정이잖아.
천국에 가는 건 아직 일러.
하지만 일본에서 사는 건 좀 괜찮지 않아?
평생 놀면서 지낼 수 있는 돈이 생기는 데다, 에리스가 아까 이상적인 배우자가 어쩌고 같은 말을 하다 말았는데…….
즉, 일본으로 돌아간다면 앞으로 평생 고생하지도, 불합리한 일을 겪지도 않고 귀여운 아내와 함께 호의호식할 수 있는 것이다.
“자, 어떻게 하겠어요?”
에리스는 미소를 짓고 물었다.
내가 그 질문에 대한 대답을 망설일 리가 없다.
내가 지금까지 그 세상에서 얼마나 고생했는데…….
어처구니없는 생물과, 골 때리는 주민들.
상식적이고 멀쩡한 사람이 적은, 정말 근본적으로 파탄이 난 빌어먹을 세상이다.
그런 세상으로 돌아간다면 앞으로도 분명 고생할 게 뻔하다.

따로 생각해보지 않아도 그 정도는 충분히 예상할 수 있다.

『제가 질색하는, 그 어처구니없는 세상으로 보내주세요.』

내가 주저 없이 그렇게 대답하자 에리스는 기쁘다는 듯 미소 지었다.

"자, 그렇다면 빨리 걔들한테 돌아가 봐야겠네! 에리스, 그렇고 그런 힘으로 후딱 그렇고 그렇게 해서, 마왕성에 있는 사람들 곁으로 보내줘. 내가 갑자기 사라져서 분명 걱정하고 있을 거야. 빨리 돌아가 봐야겠어!"

아쿠아가 들뜬 표정으로 그렇게 말했다.

하지만 에리스는 난처한 듯 눈썹을 약간 모으고―.

"……저기, 선배. 죄송한데, 선배는 이렇게 천계로 돌아왔으니까……. 일본 담당인 선배가 이 세상에 놀러 가는 것은……. 저기……."

그 말을 들은 아쿠아가 에리스의 어깨를 움켜잡았다.

그리고 눈물이 맺힌 얼굴을 좌우로 세차게 저어댔다.

"그, 그런 눈으로 쳐다보셔도 이것만은……! 아, 이러지 마세요! 선배, 가슴 패드를 빼려고 하지 마세요! 안 돼요, 이런 짓을 해도 절대 안 된다고요!"

눈앞에서 다투고 있는 두 사람에게―.

『……저기, 좀 물어볼 게 있는데요.』

나는 반투명한 손가락으로 얼굴을 긁적이며 말했다.

『마왕을 쓰러뜨리면, 어떤 소원이든 딱 하나만 이뤄준다는 이야기를 들은 적이 있거든요?』

매우 중요한 점에 관해 에리스에게 물었다.

두 사람은 내 말을 듣고 그대로 굳어버렸다.

(저기, 에리스. 어쩌면 좋아? 마왕을 쓰러뜨리는 건 무리일 것 같아서, 어떤 소원이든 다 들어준다는 식으로 떠벌렸거든? 이 남자라면, 신이 되고 싶다거나 우주를 원한다는 소리를 하고도 남아.)

(아, 아무리 카즈마 씨라도 그러지는……. 하, 하지만, 친분이 있는 모든 여성과 하렘 생활을 하고 싶다, 같은 소원은 빌지도…….)

두 사람은 낮은 목소리로 소곤거렸지만 나한테는 다 들렸다.

그것보다…… 과대광고였던 거냐. 진짜로 이곳의 신들은 하나같이 변변찮네!

친분이 있는 여성들로 하렘을 만드는 것은 좀 끌리지만 내 소원은 이미 정해져 있다.

『이 세상에 올 때 받지 못했던 치트를 주세요.』

에리스는 내 말을 듣고 빙긋 웃었다.

"그 소원을 들어드리겠어요. 그래요. 마왕을 해치웠다고는 해도, 아직 강적들이 우글거리는 이 세상에서 살아가기 위해서는 치트가 필요할 테니까요……."

에리스가 장난기 섞인 미소를 머금은 것을 보면 내가 어떤 치트를 원할지 짐작한 것 같았다.

"아……."

그 말을 들은 아쿠아가 불안한 표정으로 나를 향해 손을 뻗으려다, 생각을 바꾸고 손을 거뒀다.

이런 소동을 일으켰으니 치트로 자신을 데려가 달라는 말을 하지 못하는 것 같았다.

자기가 성가신 여신이라는 것을 이해하고 있는 것만으로도 놀라운 성장이라는 생각이 들었다.

"자, 어떤 능력을 원하죠? 강력한 장비? 강인한 육체? 아니면, 엄청난 재능인가요?"

기대에 찬 표정으로 그렇게 말하는 에리스의 옆에서 아쿠아는 풀이 죽은 표정을 짓고 있었다.

자기주장이 강한 이 녀석답지 않게 말이다. 항상 이런다면 내 고생도 줄어들 텐데…….

나는 에리스에게 말했다.

『여신은 치트에 들어가나요?』

에리스는 그 말을 듣고 마음속에서 우러나오는 기쁨에 찬 미소를 머금었다.

그리고 그 옆에 있는 아쿠아는 내가 본 것 중에서 가장 밝은 표정을 했다.

"에리스! 에리스!! 빨리 카즈마를 소생시켜! 서두르지 않으면, 성에 있는 애들이 치료와 휴식을 마치고 마을로 돌아갈 거야!"

"예, 알았으니까 선배도 힘을 빌려주세요. 소실된 육체를 소생시켜야 하니까요……. 저기, 카즈마 씨. 이건 특례 중의 특례예요. 두 번은 없을 테니, 앞으로는 목숨을 소중히……."

"그런 건 됐으니까, 빨리해! 자! 시작하자, 에리스!"

"아, 선배! 정말……. 그럼, 시작하겠어요……!"

""『리저렉션』!""

두 여신의 힘이 나에게 쏟아진 순간, 몸속 깊은 곳에서 엄청난 열기가 느껴졌다.

내 몸에 무게가 생겨나더니 지면에 닿은 두 발에서 차가운 감촉이 느껴졌다.

그리고 나를 소생시킨 두 사람은 허둥지둥 뒤돌아섰다.

……어?

"서, 선배! 선배가 급하게 소생시켜서 이렇게 된 거잖아요! 빨리, 옷을……!"

"그, 그게! 나도 들떠서 정신이 없었어! 저기, 카즈마 씨가 많이 화난 것 같거든?!"

나는 완벽하게 알몸이었다.

"지, 지금 옷을 준비할 테니 잠깐만 기다려 주세요! ……자, 선배가 건네주세요. 선배는 이미 몇 번이나 봤잖아요?!"

"싫어! 왠지 물어뜯길 것 같단 말이야! 옛날에는 귀여웠던 카즈마 씨도, 어느새 어른이 됐네……."

"잔말 말고 빨리 옷이나 내놔! 대체 언제까지 이런 데서 알몸으로 있으라는 거냐고!"

6

옷을 입고 준비를 마치자 에리스가 다시 나를 향해 돌아섰다.

내 옆에는 아쿠아가 들뜬 표정으로 서 있었다.

"……자, 이제 선배는 언제든 천계로 돌아올 수 있어요. 하지만 당분간은 돌아올 생각이 없어 보이는군요."

에리스는 들떠 있는 아쿠아를 향해 상냥한 미소를 지으며 물어보았다.

그러자 너무 기쁜 나머지 학습 능력이란 것이 사라져 버린 아쿠아가 이렇게 말했다.

"뭐~ 이러쿵저러쿵 했지만 결과적으로는 전부 잘됐네! 내가 말을 꺼내지 않았다면 마왕도 해치우지 못했을 거잖아. ……어? 그러면 카즈마가 여신의 인도에 따라 마왕을 해치웠다고 할 수 있지 않을까? 나, 이번에는 제대로 여신다웠잖아. 마왕을 약화시키기도 했고. ……그러면 이번 마왕 퇴치의 MVP는 나라고 해도 되지 않을까?"

……어이, 기어오르는 데도 정도라는 게 있다고.

"……인마. 너, 지금 나를 얕보는 거냐? 마왕을 쓰러뜨린 사람은 바로 나거든? 알고 있는 거야? 용사 카즈마거든? 전설이 됐거든? 너는 가출했다가 잡혀서 집으로 끌려가는 잉여신이지? 그런 녀석이 뭐라고 지껄이는 거야?"

"흐음~? 너 같은 허약 백수는 내 도움이 없었으면 마왕한테 이기지 못했을 거라는 걸 알고 있긴 한 거예요? 마왕 퇴치의 보수 대부분은 내가 차지할래. 그래, 9대 1 정도가 적당하겠네! 그리고 이제 천계에 돌아갈 수 있게 됐으니까, 나는 여신의 원래 힘도 쓸 수 있거든? 나를 함부로 대하면 진짜로 천벌을 내릴 거야."

아쿠아가 그런 건방진 소리를 자신만만하게 머리카락을 쓸어넘기면서 말했다.

에리스는 이런 대화를 나누는 우리를 재미있다는 듯이 지켜봤다.

"내가 눈앞에서 갑자기 사라져버린 바람에, 메구밍과 다크니스가 걱정하며 엉엉 울고 있지는 않을까 모르겠네. 빨리 마을에 가서 안심시켜줘야겠어!"

내 옆에서는 들뜰 대로 들뜬 아쿠아가 그런 건방진 소리를 늘어놓았다.

"그럼 카즈마 씨. ……당신의 입으로 다시 소원을 말씀해주세요……."

에리스가 마왕을 쓰러뜨려 준 나에게 감사하듯, 그리고 기도하듯 두 손을 모아 말했다.

환한 미소를 머금은 에리스에게서는 메인 히로인 느낌이 물씬 났다.

그에 반해—.

"저기, 카즈마. 나, 마을에 돌아가면 얼음처럼 차가운 크림슨 비어를 마시고 싶어! 내 술잔에 프리즈를 왕창 걸어줘. 젤 킹도 빨리 보고 싶네. 지금쯤이면 어엿한 드래곤이 되어 있지 않을까?!"

나는 아쿠아와 에리스를 번갈아 쳐다봤다.

"……어라? 표정이 이상하네. 원래 이상하던 표정이 더 일그러졌잖아. 얼굴에 힐이라도 걸어줄까?"

…………….

나는, 에리스에게 소원을 고했다!

—한순간 현기증이 난 후, 정신을 차린 나는 눈에 익은 장

소에 서 있었다.

그곳은 아까까지 내가 있었던 마왕의 방이다.

그 증거로 주위에는 마왕의 측근이 쓰러져 있었다.

내가 느닷없이 나타난 바람에 이 자리에 있는 이들은 깜짝 놀랐지만, 곧—.

""카즈마! 어서…… 와……?""

다크니스와 메구밍이 나를 반갑게 맞아주려다가 말끝을 흐리며 고개를 갸웃거렸다.

다른 이들을 살펴보니 다크니스가 심각한 부상을 입었다.

목숨에 지장이 있을 정도는 아니지만 엄청난 격전을 지른 것은 충분히 알 수 있었다.

메구밍과 융융은 얼이 나간 표정을 짓고 있었으나 딱히 다친 곳은 없어 보였다.

……그리고 한편에는 미츠루기가 쓰러져 있었고 들러리 두 명이 그에게 찰싹 붙어 있었다.

가슴이 들썩거리는 것을 보면 죽지는 않은 것 같다.

"저기……."

메구밍은 머뭇거리면서—.

"……저기, 그 사람은 누구인가요?"

내 옆에 서 있는, 여신 에리스를 손가락으로 가리키며 물었다.

나는 난처한 표정을 지은 채 어쩔 줄 몰라 하는 에리스를 손으로 가리키고 말했다.

"이 분은 그 유명한 여신 에리스 님이야. 마왕을 쓰러뜨린 포상 삼아, 확 데려와 버렸어."

""""어?!""""

메구밍, 융융, 다크니스가 화들짝 놀란 뒤 뒷걸음질 쳤다.

그리고 다크니스가 갑자기 한쪽 무릎을 꿇더니—.

"에, 에리스 님! 교회에 전해져 내려오는 것과 똑같은……. 모습……을……?"

깊이 고개를 숙였던 다크니스는 슬며시 고개를 들어서 에리스의 얼굴을 뚫어지게 쳐다보았다.

그러자 에리스는 고개를 휙 돌렸다.

—바로 그때였다.

"왜야~!"

갑자기 빛의 기둥이 생겨나고 거기서 아쿠아가 튀어나왔다.

"앗! 너, 자력으로 여기 올 수 있는 거였냐?!"

"서, 선배?! 뭐 하는 거예요?! 자기 담당이 아닌 세계에 허가 없이 내려오면 안 되잖아요! 천계에 돌아갈 수 없게 될지도 모른단 말이에요!"

나와 에리스가 그렇게 외치자 아쿠아는 엉엉 울면서 고함을 질렀다.

"우에에에에에엥~! 카, 카즈마가아아아아! 우에에에에에엥! 와아아아아아아앙! 아아아아아아아앙~!!"

"진짜 귀찮은 녀석이라니까! 하도 기어올라서 두고 온 건데! 젠장, 머리를 식혔을 즈음에 데리러 갈 생각이었다고! 이제 어쩔 거야, 이 바보야!"

엉엉 우는 아쿠아를 본 메구밍과 다크니스는 안도의 한숨을 내쉬었다.

바로 그때—.

"저기~! 잘 모르겠지만, 프리스트가 있으면 쿄야를 구해줘!"

"그래! 중상을 입었단 말이야!"

그런 두 사람의 뒤를 이어 융융이 갑자기 고함을 질렀다.

"아앗?! 마왕군이 텔레포트로 돌아오고 있어! 잠깐, 저기 있는 건 마왕의 딸 아냐……?!"

방의 발코니에서 밖을 살피던 융융이 긴장한 표정으로 우리를 돌아보았다.

맙소사 벌써 돌아온 거냐.

우리도 목적을 달성했으니 그만 돌아가도록 할까.

"자, 그만 울고 빨리 돌아가자! 이미 와버렸으니 어쩔 수 없잖아! 뒷일은 나중에 생각하는 걸로……."

"우에에에엥! 우에에에에에엥!"

"……저, 저기…… 다크니스, 양……? 왜, 왜 그렇게 뚫어지게 저를 쳐다보는 거죠……?"

"……그게, 제 지인과 닮은 것 같아서……."

에리스를 향해 얼굴을 쑥 내민 다크니스가 그녀를 뚫어지게 쳐다보고, 아쿠아가 엉엉 우는 가운데, 메구밍이 마법을 영창하더니…….

어, 잠깐……!

"『익스플로전』!!"

메구밍이 마나타이트가 가득 들어 있는 배낭을 멘 채 발코니에서 폭렬마법을 사용했다.

"메구밍?! 너, 너 지금 뭐 하는 거야?!"

발코니에 선 메구밍의 옆에서 융융이 허둥지둥 그녀를 말렸다.

"『익스플로전』—!! 『익스플로전』—!!!"

"멈춰! 메구밍, 멈춰! 코피! 너, 지금 코피가 난단 말이야!"

마왕군을 향해 공격을 시작한 메구밍을 말리기 위해 나는 발코니로 나가서 밖을 살폈다.

그러자 갑작스러운 폭렬마법의 연타에 혼비백산한 마왕군이 허둥지둥 도망치는 모습이 눈에 들어왔다.

다른 몬스터에게 보호를 받으며 울상으로 도망치고 있는

얘가 마왕의 딸인가.

"와하하하하! 나는 마왕 메구밍! 이 성을 차지한 세계 최강의 아크 위저드! 내 성에 다가온 어리석은 자들이여! 나의 절대적인 힘에 절망하고 사라져라!"

"메구밍, 진정해! 겨우 마왕을 쓰러뜨렸는데, 네가 새로운 마왕을 자처하면 어떻게 해!"

맞는 말이다. 더는 성가신 일을 벌이지 말아줬으면 좋겠다.

―이쯤에서 물러나야겠는걸.

"융융, 텔레포트를 부탁해. 나, 마력이 바닥났거든."

"어……, 앗……! 저는 이제 텔레포트 두 번 쓸 정도의 마력밖에 없어요……! 하지만, 지금 이 자리에는……."

텔레포트로 한 번에 전송할 수 있는 인원은 최대 네 명이다.

하지만 에리스를 데리고 온 바람에, 이 자리에 있는 인원은 총 아홉 명이었다.

"어쩔 수 없군요. 카즈마, 이걸 쓰세요."

폭렬마법으로 마왕의 딸과 마왕군에게 겁을 준 메구밍이, 코피를 닦으면서 나에게 마나타이트를 건네줬다.

"……인마, 너무 무리하지 마."

"고가의 선물을 받았으니, 저도 카즈마에게 답례를 하고 싶거든요. ……뭐, 어디 사는 누구 씨는 그런 생각이 눈곱만큼도 없는 것 같지만 말이에요."

"어? 앗……! 나, 나 들으라고 한 말이냐?!"

메구밍이 그렇게 말하면서 다크니스를 놀렸다.

저기, 마나타이트의 답례가 마왕성인 거냐.

답례치고는 너무 커.

게다가 몬스터가 딸린 성 같은 걸 받아봤자 어디에 써먹냐고.

"으음, 그럼 다들 모여주세요. 텔레포트로 전송할게요!"

융융이 그렇게 말하자 다들 중앙으로 모였다.

"저기~! 그 전에 쿄야를 먼저 치료해줘~! 맥박이 약해지고 있단 말이야!"

"게다가 호흡도 약해지고……!"

"……에리스 님. 예전에 저와 만난 적이……."

"어어어, 없는데요?! ……그것보다, 저는 이제 어쩌면……."

다들 멋대로 떠들어대는 가운데, 융융이 우리 중 일부를 텔레포트로 전송했다.

"『텔레포트』!"

에리스, 미츠루기, 그리고 들러리 두 명이 전송됐고 이제 다섯 명이 남았다.

"윽…… 훌쩍…… 훌쩍……."

하염없이 훌쩍거리고 있는 아쿠아의 어깨에 융융이 손을 얹었다.

그 옆에는 메구밍이 섰고, 다크니스는 볼에 묻은 피를 닦으며 나란히 섰다.

"그럼, 갈게요. 카즈마 씨, 액셀에서 봐요!"

융융이 힘찬 목소리로—.

"『텔레포트』!"

텔레포트 마법을 펼쳤는데, 여전히 훌쩍거리고 있는 아쿠아가 이곳에 남겨져 있었다.

"어?! 어떻게 된 거야?! 너, 왜 텔레포트로 전송되지 않은 건데?"

"저, 저항, 훌쩍…… 해, 했어……! ……우엥……."

아쿠아는 코를 훌쩍이면서 그런 소리를 했다.

"너……! 너란 녀석은, 왜, 끝까지……!"

"아, 아냐! 그런 게 아니거든?! 내 말 좀 들어봐!"

눈가에 눈물이 맺힌 아쿠아가 허둥지둥 입을 열었다.

"할 말이 있어! 다른 애들 앞에서는, 좀…… 그래서……."

"인마, 그래도 지금 꼭 해야 하는 말은 아닐 거 아냐! 이러는 사이에도, 적들이 성으로 밀려들어 오고 있다고! 언제 이곳에 도착할지 모르는데……!"

나는 다급한 목소리로 그렇게 말했지만 당사자인 아쿠아는 눈가에 눈물이 맺힌 채 아무 말도 하지 않았다.

이러는 사이에도 멀지 않은 곳에서 누군가가 급하게 뛰어오는 소리가 들렸다.

나와 아쿠아가 이용한 함정이 아니라, 이 최상층으로 이어지는 지름길이 따로 있는 걸지도 모른다.

내가 안절부절못하며 아쿠아의 말을 기다리고 있는데 그녀는 눈물을 훔치며 입을 열었다.

"……저기, 카즈마."

"뭐야! 빨리 말해! 아까 두고 온 건 미안해! 하지만 나중에 데리러 갈 생각이었다고!"

나는 그렇게 말했지만 아쿠아는 고개를 저었다.

"저기……. 그게, 나는, 그러니까……. 그다지, 똑똑한 편이 아니잖아?"

"까놓고 말해 바보지. 그게 왜?"

아쿠아는 한순간 이를 갈았지만 곧 표정을 풀었다.

"……뭐, 그래서 말이야. 나는 적당한 말이 생각 안 나니까, 그냥 생각나는 대로 말할게."

"그러니까 하고 싶은 말이 뭔데?! 빨리 말해! 너도 발소리가 들리지?!"

방 밖에서 들려오는 발소리가 점점 커지고 있었다.

다급한 표정으로 허둥대는 나를 향해 아쿠아는 구김 없는 미소를 짓고 말했다.

"고마워."

…………나는, 이 녀석 때문에 가슴이 두근거리는 날이 올 거라고는, 이 순간까지도 생각조차 못 했다.

에필로그

평소와 다름없는 이 방.

심심하고 딱히 특별할 것 없는 나의 직장에, 이 방의 단골 손님이 나타났다.

"안녕하세요."

그는 한 손을 들어 보이며 인사를 했다.

인사나 할 때가 아닌데…….

"카즈마 씨……. 당신이란 사람은 정말……."

왜 이 사람은 이렇게 간단히 픽 죽어버리는 걸까.

마왕까지 해치운 사람이 이곳에 자주 드나들지 말아줬으면 좋겠다.

아니, 이곳에서 편안히 지내지 말아줬으면 한다.

두 손으로 바닥을 짚고 두 발을 쭉 뻗은 채 만족스러운 듯이 스트레칭을 하고 있어…….

—여기는, 세상을 떠난 망자의 영혼이 오는 곳.

결코, 편안히 지낼 장소가 아닌데…….

"이야, 역시 여기가 가장 편하네요. 에리스 님을 보고 있기만 해도 마음이 치유되는 것 같아요."

그렇게 말한 그는 자신의 팔을 베고 누웠다.

"……정말, 그 후로 참 힘들었거든요? 제가 이곳으로 돌아오느라 얼마나 고생을 했는데……."

"하지만, 제가 마을에 돌아갔을 때는 에리스 님이 이미 떠났잖아요. 제가 모셔다드릴 생각이었는데 말이에요."

……모셔다드려?

아니, 그것보다…….

"저기, 에리스 님이라고 부르지 말아 주겠어요? 당신은 마왕을 쓰러뜨린 용사일 뿐만 아니라 제 정체도 알고 있으니, 존칭을 쓰지 않아도 괜찮답니다. 그리고 평소처럼 편안한 말투를 써도 되는데……."

"그럼 그쪽도 평소 말투를 쓰면 그렇게 할게요."

"……이 모습일 때는 이 말투가 익숙해서요……. 그건 그렇고, 피곤해 보이는군요. 이번에는 무슨 일이죠? 세상이 평화로워진 후로는 하계를 살피지 않았거든요……."

대체 어떤 몬스터에게 살해당한 걸까.

마왕을 타도했으니 이 세상의 몬스터들은 약해졌을 것이다.

그의 목숨을 빼앗을 만한 상대는 그렇게 많지 않을 텐데…….

"……뭐, 이런저런 일이 있었어요. 좀 거들먹거렸을 뿐인데, 저택에서 쫓겨났다니까요. 저는 마왕을 해치운 영웅이라서 좀 더 보답을 받아도 괜찮을 것 같은데 말이죠."

좀 안 됐다는 생각이 들었다.

대체 무슨 일이 있었던 건지는 모르겠지만 이 사람은 좀 더 보답을 받아도 괜찮을 거라고 생각한다.

"다들 여전히 기운이 넘치나 보군요……. 심각한 문제가 발생한 건 아닌가 보죠?"

"너무 기운이 넘쳐서 문제일 정도예요. 아직 별다른 문제도 없고요……. 하지만 영 불길한 예감이 든다니까요. 요즘 들어 메구밍이 융융과 함께 툭하면 어딘가로 텔레포트를 했다가 개운한 표정으로 돌아와요. 어딘가에 폭렬마법을 날리고 돌아오는 것 같은데, 대체 어디에 날려대는 건지……."

……그녀들이 매일 마왕성 근처로 가서 성을 향해 마법을 날리고 있다는 건 비밀로 해야겠다.

"다크니스는 마왕 토벌에 힘쓴 대귀족으로서 새로운 영지를 받았다고 했어요. 그리고 우리나라만이 아니라 다른 나라에서도 혼담이 쏟아져 들어온다며 한탄하더라니까요. 최근에도 저택에 틀어박혀서 나라에서 온 사절을 격퇴했어요."

그 애가 맞선을 거절하게 만든 장본인이면서 남 말 하듯…….

메구밍 양과 그의 의동생을 비롯해 라이벌이 하나같이 강적인 데다가, 상대 남자가 이렇게 자유분방한 사람이니 다크니스도 고생이 많을 것이다.

"저를 쫓아낸 아쿠아 녀석이 집에 들여 보내주지를 않아요. 바보 같은 소리 좀 하지 말라면서 말이에요. 딱히 바보 같은 소리를 한 적은 없는데……."

“대체 무슨 소리를 했다가 저택에서 쫓겨난 건가요?”

그가 저택에 들어가지 못하게 된 것은 이걸로 두 번째였다.

세상을 구한다는 위업을 달성했으니, 무슨 소리를 한들 이런 대접을 받을 것 같지는 않은데…….

“마왕을 쓰러뜨린 덕분에 마을에서 영웅 대접을 받았거든요? 그래서 우쭐한 나머지, 농담 삼아서 이런 소리를 했어요. 좋아~ 하렘을 만들어야지, 라고요.”

“…………”

“……에리스 님. 지금은 반성했으니까 침묵에 잠기지 말아 주세요. 주눅들 것 같아요.”

방금 한 말은 취소하겠다.

이 사람은 따끔한 맛을 보는 편이 나을 것 같다.

“하아, 그럼 선배가 부를 때까지 여기서 쉬고 계세요.”

……그래도 이럴 때만큼은 편안히 쉬게 해줘야지.

“……예? ……아, 저는 죽어서 여기 온 게 아닌데요?”

그는 바닥에 드러누운 채 고개만 들어 그렇게 말했―.

“……죽지 않았다고요? 하지만 당신은 지금 이곳에 있잖아요.”

“아, 네. 제 힘으로 왔어요.”

…………어?

"텔레포트 말이에요, 텔레포트. 마왕과 결전을 치르기 직전에 이곳에 왔었잖아요? 그때 저는 텔레포트의 등록처가 한 곳 비어 있어서……."

"예?!"

이 사람이 지금 무슨 소리를 한 거지.

"잠깐만요. 이곳을? 전송 장소로 등록?"

"그래요. ……저도 데리러 올 방법이 없었다면, 그때 아쿠아를 두고 가지는 않았을 거라고요. 앞으로 자주 놀러 와도 될까요? 성가신 일에 휘말렸을 때나……."

"아, 안 돼요! 무슨 소리를 하는 거죠?! 그것보다, 이곳을 등록했다고요?! 텔레포트로 이곳에 올 수 있었나요?! 말도 안 돼! 그것보다, 당신은 왜 툭하면 남들이 생각 못 하는 일을 저지르는 건가요?!"

"아, 아니, 그게……! 시험 삼아 등록을 했더니 성공해서, 그냥……."

그가 별 이유도 없이 이곳에 불쑥불쑥 나타났다간 내 위엄이 유지될 리 없다.

"그러고 보니 다크니스가 크리스를 찾아다니던데요? 저도 에리스 님을 자주 만날 수 있다면 이런 짓을 안 하겠죠."

"으…… 지금 만났다간 캐물을 게 뻔하니, 다음에 만나러 가겠어요……."

그는 나른한 표정으로 몸을 일으켰다.

"그 녀석들은 세상을 구한 용사님을 대체 뭐라고 생각하는 건지……. 좋아. 슬슬 따끔한 맛을 보여주도록 할까!"

그는 목을 풀며 그렇게 말한 후 크게 하품을 했다.

—세상을 구한 용사님.

이 사람은 농담처럼 그렇게 말하지만 자신이 어떤 일을 해낸 건지 이해하고 있는 걸까.

아무런 힘도 지니지 못한 인간이, 문제 많은 동료들을 데리고, 마왕군 간부를 비롯해 수많은 강적을 해치운 끝에, 마왕마저 쓰러뜨렸다.

과대 포장된 전설 속의 용사도 전설의 장비과 강력한 동료들을 얻고서야 그런 위업을 달성했다.

"우선 나를 쫓아낸 그 바보부터 손봐줄까. 좀 봐줬더니 또 기어오르기는……."

그는 그렇게 말하더니 스트레칭을 하면서 텔레포트를 영창하기 시작했다.

이제부터 일어날 일을 상상하기만 해도 자연스레 미소가 지어졌다.

그의 주변은 곤란한 일과 성가신 문제로 가득 차 있지만 항상 즐거워 보인다.

"영차. 그럼 에리스 님. 그 녀석들을 질질 짜게 만들어주고 올게요."

"다녀오세요. 너무 심한 짓은 하지 말아 주시고요."

내가 그렇게 말하자 세상을 구한 용사님은 쓴웃음을 지으며 돌아섰다.

—하다못해 이 사람이 조금은 보답을 받을 수 있기를.
—일본에 돌아가지 않고 이 세상에 남기로 한 것을 후회하지 않기를.

"카즈마 씨, 잠시만 기다려 주시겠어요? 이참에 당신에게 줄 선물이 있답니다."

의아하다는 표정으로 이쪽을 쳐다보는 그를 향해 한 손을 내민 나는 미소를 머금었다.
"세상을 위해 힘써 주신 당신에게 아주 조금, 좋은 일이 있도록……."
—당신이 지켜준 이 멋진 세계를 더욱 좋아하게 되기를.
나는 그를 향해 손을 내밀고 진심 어린 기도를 올렸다—!

"축복을! 『블레싱』—!"

끝

■작가 후기

『이 멋진 세계에 축복을!』 17권을 구매해주셔서 감사합니다. 작가인 아카츠키 나츠메입니다.

이 시리즈도 어느새 17권이나 나왔습니다.

여기까지 함께해주신 분들에게 진심으로 감사드립니다

그럼 이번 권에 대한 해설을 할까 하는데 후기부터 먼저 읽는 분께는 스포일러가 될 테니 가능하면 마지막에 읽어주셨으면 합니다.

—카즈마 일행이 가출 여신을 데려오기 위해 마왕성 안을 돌아다니고 있을 즈음의 일입니다.

액셀 마을에서는, 마을을 습격한 마왕군 별동대와 고레벨인 데도 풋내기 모험가의 마을을 떠나지 않는 모험가들이 격전을 벌이고 있었을 테죠.

또한 평소 남들에게 무시당하던 양아치 모험가, 때때로 실력 발휘를 하는 인형탈을 입은 전직 귀족, 마도구점의 점주, 미인 글래머 접수처 아가씨, 그리고 거금을 받은 가면 아르바이트생이 활약을 할지도 모릅니다.

감정 마법으로 마을을 둘러보면 레벨이 어마어마하게 높은 닭이 있고, 직업란에 사신(邪神)이라 적힌 검은 고양이도 있겠죠.

어느 저택에 발을 들인 마왕군 병사는 정원의 밭에 심어진 채소들에게 습격을 당하거나, 정체불명의 폴터가이스트 현상에 휘말릴 겁니다.

—그리고 왕도에서는 마왕의 딸이 이끄는 정예들을 상대로 왕국군과 치트 보유 모험가, 베테랑 홍마족들이 정면 대결을 벌이며 격돌 중입니다.

미인이 많은 홍마족의 뒤를 졸졸 따라온 괴상한 갑옷이, 자신과 이름이 딱 한 글자만 다른 미소녀의 어머니 사진을 보고 그 소녀에게 엄청난 장래성을 느낀 나머지…….

최강의 갑옷과 최강의 신검을 장비한 최강의 소녀가, 메구밍의 동급생들과 아쿠시즈 교도, 거친 모험가들 등, 카즈마만큼은 아니어도 여러모로 문제가 있는 이들을 이끌고 마왕의 딸에게 도전하고 있을 테죠.

적들을 상대로 대활약을 하던 소녀가 수적 열세 탓에 궁지에 몰렸을 때, 몬스터들의 갑작스러운 약화 덕분에 궁지에서 벗어날 겁니다. 그리고 어디 사는 누군가가 마왕을 쓰러뜨렸다는 것을 누구보다 먼저 깨닫고 브라콤 증상이 더욱 악화되어버리는데…….

이 부분은 본편에서 다뤄지지 않을 것 같아서 대략적으로 스포일러를 해봤습니다.

만약 기회가 된다면 스핀오프에서 다룰지도 모릅니다만, 이 이야기는 어디까지나 백수 기질의 주인공이 얼간이 동료들을 데리고 어찌어찌 고난과 역경을 헤쳐 나가다 마지막에는 마왕까지 쓰러뜨리는 이야기입니다. 그러니 본편은 이번 권으로 완결입니다.

하지만 아직 다양한 복선과 수수께끼가 잔뜩 남아 있다고 생각합니다.

예를 들자면 마왕의 이름에 얽힌 유래, 그리고 마왕군이 왜 인류를 멸망시키려고 한 것인가 등, 이 세상의 연구자들이 혈안이 되어 조사하던 것들이 누구누구 씨 덕분에 미궁에 빠져 버리죠.

그것 말고도 무투파 왕녀에게 박살이 난 것으로 모자라, 마왕성으로 돌아왔다가 폭렬마법 세례를 받고 만 마왕의 딸이 그 후로 어떤 고난과 역경에 직면하게 될까요.

마왕을 쓰러뜨린 주인공은 이번 결전에 대한 포상 수여식이 대대적으로 치러진다는 말에 그날을 목이 빠지게 기다리고 있습니다.

하지만 여동생이 자기보다 더 대단한 공적을 세웠다는 걸 아직까지는 모르죠.

저택으로 돌아오면 그렇고 그런 일을 하자는 메구밍과의 약속, 마왕을 쓰러뜨린 자에게 주어지는 왕족과 결혼할 권리 등…….

아직 회수하지 못한 이야기, 그리고 미처 전하지 못한 이야기가 잔뜩 있습니다. 언젠가 후일담 같은 형식으로라도 이런 부분을 다룰 수 있으면 좋겠습니다.

하지만 이제까지 최선을 다한 카즈마에게는 한동안의 휴식과 평온한 나날을 보낼 수 있도록 해주죠.

—그럼, 이번 권을 비롯해 이 시리즈 전체에 관여해준 여러 관계자분들께 감사드립니다.

4대에 걸친 담당 편집자 및 스니커 문고 편집부 여러분, 디자이너 여러분, 교정자님, 영업 담당 여러분, 그리고 세계 각지의 서점 직원 여러분.

코미컬라이즈와 스핀오프, 애니와 게임, 영화, 그 외 기타 등등의 관계자 여러분.

그리고 개성적인 캐릭터들을 창조하고 힘든 스케줄임에도 매번 멋진 일러스트를 그려주신 미시마 쿠로네 선생님.

여러분 덕분에 이런 장편을 온 세상의 독자 여러분에게 전해드릴 수 있었다는 사실에, 최대한의 경의를 표하며—.

그리고 무엇보다 「이 멋진 세계에 축복을!」 시리즈를 읽어주신 모든 독자 여러분에게— 진심으로 깊은 감사를 드립니다!

아카츠키 나츠메

이 멋진 세계에
축복을!

■역자 후기

안녕하십니까. 근로청년 번역가 이승원입니다.

『이 멋진 세계에 축복을!』 17권을 구매해주셔서 진심으로 감사드립니다.

『이 멋진 세계에 축복을!』 본편 시리즈가 17권으로 드디어 완결되었습니다!

이제까지 함께해주신 독자 여러분에게 진심으로 감사드립니다.

트럭도 아니라 트랙터, 거기에 실제로 치이지도 않았는데 심장마비로 죽어버린 소년, 카즈마.

문제 많은 동료들에게 휘둘리며 별의별 고생을 다 한 그가 결국 마왕을 쓰러뜨린다는 위업을 이뤄냈습니다.

항상 동료들이 저지른 사고를 수습하던 그가, 자신의 의지로 마왕과의 결전에 임하는 그 모습은 분명 전설 속의 용사 그 자체였습니다.

……물론, 마왕을 해치운 방식 자체는 역시 카즈마답다고 생각하지만요.^^

정말 카즈마만이 가능한 전략, 그리고 기지로 일궈낸 승리였습니다.

진정한 용사(?)가 된 그가 유별난 동료와 함께 앞으로 어떻게 살아갈지, 정말 기대가 됩니다.

언젠가 어떤 형태로든 그들의 미래를 작가님께서 다뤄주신다면, 그리고 그것을 번역하는 영광이 운 좋게 저를 찾아온다면, 역자이자 한 명의 팬으로서 최선을 다할 겁니다!

그럼 이만 줄이겠습니다.

L노벨 편집부 여러분. 이렇게 재미있는 작품을 처음부터 끝까지 맡겨주셔서 정말 감사합니다. 이번에도 신세 많이 졌습니다. 앞으로도 잘 부탁드립니다.

이 여름에 얼음주머니로 버티겠다고 한 악우여. 지금 더위에 그러다간 죽을 수도 있어. 안 되면 우리 집으로 대피해…….

마지막으로 언제나 제게 버팀목이 되어주시는 어머니와 『이 멋진 세계에 축복을!』을 읽어주신 모든 분들에게 진심으로 감사드립니다.

다른 작품을 통해 독자 여러분을 뵙는 날을 진심으로 고대하고 있겠습니다!

2020년 8월 중순

역자 이승원 올림

이 멋진 세계에 축복을! 17
이 모험가들에게 축복을!

1판 1쇄 발행 2020년 11월 10일
1판 5쇄 발행 2024년 2월 22일

지은이_ Natsume Akatsuki
일러스트_ Kurone Mishima
옮긴이_ 이승원

발행인_ 최원영
편집장_ 김승신
편집진행_ 권세라 · 최혁수 · 김경민 · 최정민
편집디자인_ 양우연
관리 · 영업_ 김민원

펴낸곳_ (주)디앤씨미디어
등록_ 2002년 4월 25일 제20-260호
주소_ 서울시 구로구 디지털로 26길 111 JnK디지털타워 503호
전화_ 02-333-2513(대표)
팩시밀리_ 02-333-2514
이메일_ lnovellove@naver.com
L노벨 공식 카페_ http://cafe.naver.com/lnovel11

KONO SUBARASHII SEKAI NI SHUKUFUKU WO! Vol.17 KONO BOKENSHATACHI NI SHUKUFUKUO!

ISBN 979-11-278-5738-7 04830
ISBN 979-11-278-4330-4 (세트)

값 7,800원

저 어리석은 자에게도 각광을! 1~7권

히루쿠마 지음 | 유우키 하구레 일러스트 | 이승원 옮김

「돈도 없고, 여자도 없어!」
풋내기 모험가의 마을 액셀의 (자칭) 지배자인
양아치 모험가 더스트는 주머니 사정이 신통찮았다.
신참 모험가 카즈마 일행이 착착 명성을 쌓아가는 가운데—
더스트는 자작극 사기에 도난품 매매,
귀족 영애를 뜯어먹으려고 획책하는 등,
오늘도 액셀 마을에서 돈벌이에 힘썼다!
그런 와중에 나리라 부르며 따르는 대악마 바닐에게서
「재미있는 미래가 찾아올 것이다」라는 불길한 예언을 듣는데?!

더스트 시점에서 그려지는 조금 음란한 외전이 새롭게 시작!

이세계 치트 마술사 1~8권

우치다 타케루 지음 | Nardack 일러스트 | 박경용 옮김

평범한 고등학생 타이치와 린은 갑자기 나타난 빛에 휩싸여 버린다.
정신을 차리니 두 사람은 검과 마술의 이세계에 있었다.
마물과 맞닥뜨리지만 운 좋게 위험에서 벗어나고,
모험자의 조언으로 길드로 향하는 두 사람.
그곳에서 두 사람이 터무니없는 하이스펙의 마력을 가진 것이 판명된다.
평범한 고교생이 갑자기 최강 치트 마술사로—.
꿈만 같은 초자연 현상을 자신의 손으로 만들어내는 감동.
상상을 훨씬 뛰어넘는 압도적인 신체능력.
평화로운 나라에서 찾아온 타이치와 린의 이세계 모험이 시작된다.

「소설가가 되자」 대인기 이세계 판타지를
서적용으로 전면 개고하여 재미가 300% UP!

©Kei Uekawa, TEDDY, Naohiro Washio 2019
KADOKAWA CORPORATION

꿰뚫린 전장은 거기서 사라져라 —탄환 마법과 고스트 프로그램— 1~2권

우에카와 케이 지음 | TEDDY 일러스트 | 김성래 옮김

기갑차가 달리고 탄환 마법이 쏟아지는 동방국과 서방국의 100년에 달하는 전쟁.
궁지에 몰린 동방국의 소년병 레인 란츠는 낯선 탄환을 쏘아 적 장교를 살해한다.
—순간, 세계가 일변했다.
전장은 익숙하게 다녔던 사관학교로 뒤바뀌었고, 분명 죽었어야 할 동기들의 모습도.
당황하는 레인에게 탄환을 만들었다는 소녀 에어는 말한다.
“쏜 상대를 **아예 처음부터 없었던 세계**로 재편성(리프로그램)하는『악마의 탄환』.
이대로 쓰고 싶어?”
끝나지 않는 전장을 앞에 둔 레인의 결단은—
“끝내겠어. 바꿔주마. 이 탄환으로, 모든 것을.”

세계의 섭리를 쏘아 꿰뚫는 소년과 소녀의 싸움이 시작된다—.
제31회 판타지아대상 〈대상〉 수상의 밀리터리 판타지!

라이트노벨의 새로운 빛! L노벨의 신간은 매월 10일에 발매됩니다. http://cafe.naver.com/lnovel11

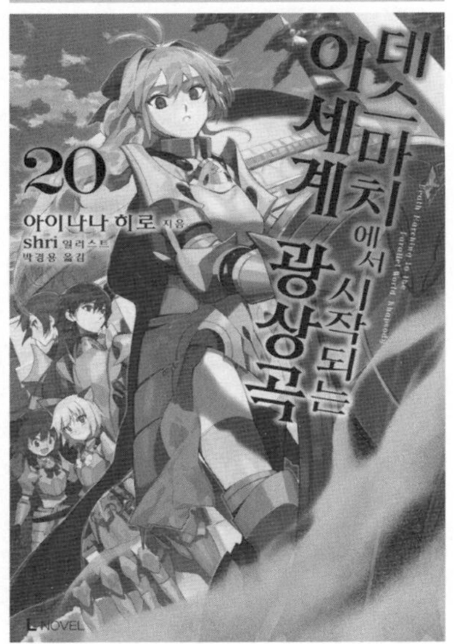

데스마치에서 시작되는 이세계 광상곡 1~20권, EX

아이나나 히로 지음 | shri 일러스트 | 박경용 옮김

한창 데스마치를 치르던 프로그래머 스즈키 이치로(29).
『사토』란 닉네임을 쓰는 그가 잠시 잠들었다 깨어나 보니
듣도 보도 못한 이세계에 방치되어 있었다!
혼란에 빠질 틈도 없이 눈앞에는 처음 보는 괴물의 대군이 다가오고,
하늘에서는 유성우가 쏟아진다.
정신을 차리고 보니, 최강 레벨의 힘과 막대한 부를 손에 넣었는데……?!
이렇게 사토의 「유유자적, 가끔 시리어스, 그리고 하렘」인
이세계 모험담이 시작된다!!

최강 레벨과 막대한 재보를 가지고
시작되는 유유자적 이세계 관광!!

변변찮은 마술강사와 금기교전 1~16권

히츠지 타로 지음 | 미시마 쿠로네 일러스트 | 최승원 옮김

알자노 제국 마술 학원의 계약직 강사인 글렌 레이더스는 수업 중
자습 → 취침 상습범.
그러다 웬일로 교단에 서나 싶으면 칠판에 교과서를 못으로 고정해놓는 등,
그야말로 학생들도 기가 막혀 하는 변변찮은 강사다.
결국 그런 글렌에게 진심으로 화가 난 학생,
「교사 킬러」로 악명이 자자한 시스티나 피벨이 결투를 신청하지만—
이 해프닝은 글렌이 허무하게 패배하는 안타까운 결말로 막을 내린다.
하지만 학원에 닥친 미증유의 테러 사건에 학생들이 휘말리자,
"내 학생에게 손대지 마!"
비로소 글렌의 본성이 발휘된다!

TV애니메이션 방영 화제작!!

라이트노벨의 새로운 빛! L노벨의 신간은 매월 10일에 발매됩니다. http://cafe.naver.com/lnovel11